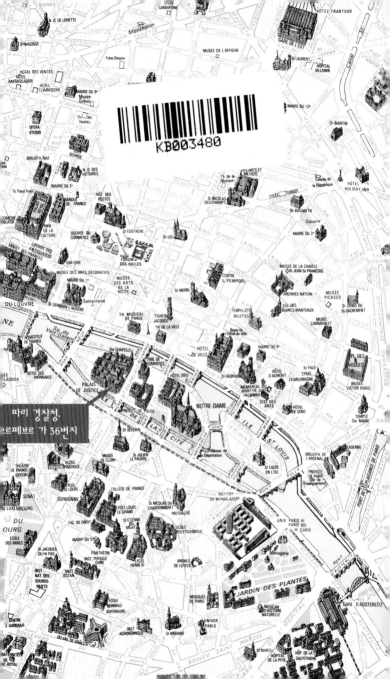

베르주라크의
광인

SIMENON
Maigret

베르주라크의 광인

SIMENON
Maigret

조르주 심농 · 이상해 옮김

매그레 시리즈 15

이 책은 실로 꿰매어 제본하는 정통적인 사철 방식으로 만들어졌습니다.
사철 방식으로 제본된 책은 오랫동안 보관해도 손상되지 않습니다.

1. 잠 못 드는 여행객   7

2. 실망한 다섯 사람   24

3. 이등석 표   42

4. 미치광이들의 약속   60

5. 에나멜 구두   79

6. 바다표범   98

7. 사무엘   117

8. 애서가   135

9. 여가수 낚아채기   152

10. 쪽지   170

11. 아버지   190

『베르주라크의 광인』 연보   199

조르주 심농 연보   201

1
잠 못 드는 여행객

처음부터 끝까지 우연이었다! 그 전날만 해도 매그레는 여행을 하게 될 줄은 꿈에도 몰랐다. 눈이 시릴 만큼 화창하고, 따스한 햇살과 함께 봄기운이 느껴지는 3월인지라 파리가 슬슬 지겨워지긴 했지만.

매그레 부인은 보름 예정으로 출산을 앞둔 알자스의 동생에게 가 있었다.

그런데 수요일 아침, 반장은 2년 전 은퇴하고 도르도뉴에 정착한 파리 수사국 동료의 편지를 받았다.

······혹시 순풍이 불어 이 지역에 오게 되면, 꼭 우리 집에 들러 며칠 묵어가게나. 집에 늙은 하녀가 있는데, 손님이 있을 때만 신이 나서 일을 한다네. 게다가 연어 철도 시작되니······.

사소한 사항 하나가 매그레를 꿈에 빠져들게 했다. 편지지 상단에 둥근 탑 두 개가 서 있는 작은 시골 성의 옆모습이 찍혀 있고, 이렇게 적혀 있었던 것이다.

라 리보디에르
빌프랑슈앙도르도뉴

매그레 부인이 정오에 알자스에서 전화를 걸어 와 동생이 아무래도 밤에는 출산을 할 것 같다고 전하고는 이렇게 덧붙였다.

「날씨가 한여름 같아요. 벌써 꽃을 활짝 피운 과수들도 있다니까요!」

우연…… 또 우연……. 잠시 후 매그레는 국장의 집무실에서 잡담을 나누고 있었다.

「참…… 방금 얘기한 것들 확인하러 보르도에 한번 다녀오면 어떻겠소?」

전혀 급할 것 없는 하찮은 사건이지만, 언제든 한번은 보르도에 들러 고문서철을 뒤지기는 해야 할 터였다.

그때 번뜩 떠오른 생각, 보르도-도르도뉴…….

그리고 그 순간, 국장이 문진으로 사용하는 크리스털 공에도 한 줄기 햇살이 비쳤다.

「좋죠! 당장 맡고 있는 사건도 없으니…….」

해 질 무렵, 매그레는 빌프랑슈행 일등칸 표를 들고 오르세 역에서 기차에 올랐다. 역원이 리부른에서 갈아타는 걸 잊지 말라고 당부했다.

「환승역에서 갈아타야 할 기차에 연결하는 침대차를 이용하지 않으신다면요…….」

매그레는 그 말에 주의를 기울이지 않았다. 그는 신문을 읽은 다음, 식당차로 가서 밤 10시까지 그곳에 머물렀다.

그가 자기 칸으로 돌아왔을 때 커튼은 쳐져 있고, 취침등이 들어와 있었다. 그리고 한 노부부가 마주 보는 좌석두 개를 모두 차지하고 앉아 있었다.

역원이 지나갔다.

「혹시 침대칸에 빈자리 없소?」

「일등칸에는 없는데……. 아마 이등칸에는 있을 겁니다. 거기도 괜찮으시면…….」

「괜찮고말고요!」

이리하여 매그레는 여행 가방을 들고 역원을 따라나선다. 이 문 저 문 열어 본 역원이 마침내 위쪽 침대에만 손님이 든 칸을 찾아낸다.

그곳에도 커튼이 쳐져 있고, 취침 등만 켜져 있다.

「불을 켜드릴까요?」

「아뇨, 됐소이다.」

실내가 습하고 덥다. 난방 배관이 새기라도 하는 것처럼 어디선가 가벼운 휘파람 소리가 들려온다. 위쪽 침대에 누운 승객이 뒤척인다. 뒤척이며 거칠게 숨을 몰아쉰다.

반장은 소리를 내지 않으려고 조심해 가며 신발, 양복 저고리, 조끼를 벗는다. 몸을 뻗고 누운 그는 곧 중절모를 얼굴 위에 비스듬히 올려놓는다. 어딘지 모를 곳에서 가벼운 외풍이 스며들어 왔기 때문이다.

그가 잤을까? 어쨌거나 꾸벅꾸벅 졸기는 했다. 아마 한 시간. 아니 두 시간. 어쩌면 그 이상. 하지만 반쯤 깬 상태로.

그런데 그 비몽사몽 속에서도 뭔지 모르게 계속 불편하다. 외풍에도 식지 않는 실내의 답답한 열기 때문일까?

아니, 잠시도 가만히 있지 못하는 위쪽의 사내 때문이다!

도대체 1분에 몇 번이나 돌아눕는 거야? 그는 매그레의 얼굴 바로 위에 있다. 움직일 때마다 침대가 요란스레 삐걱거린다. 사내는 열이라도 있는 것처럼 불규칙하게 숨을 몰아쉰다.

짜증이 난 매그레가 벌떡 몸을 일으킨다. 복도로 나가 오락가락한다. 그런데 너무 춥다.

그는 다시 침대에 누워, 감각과 생각들이 서로 어긋나는 반수면 상태에 빠져든다.

그는 나머지 세상과 분리되어 있다. 이건 완전히 악몽

의 분위기다.

저 위의 사내가 팔꿈치를 짚고 일어나서는 몸을 구부려 아래 침대에 누워 있는 여행 동료가 누군지 들여다본 건 아닐까?

정반대로 매그레는 몸을 움직일 용기가 나질 않는다. 식당차에서 마신 보르도 반병과 코냑 두 잔이 아직 그의 위장에 남아 있다.

밤은 길다. 기차가 설 때마다 혼란스러운 목소리, 복도를 오가는 발소리, 문들이 여닫히는 소리가 들려온다. 이놈의 기차는 도대체 언제 다시 출발하는 거야?

사내가 우는 것 같다. 한동안 숨을 멈췄다가는 갑자기 훌쩍인다. 그러고는 돌아누워 코를 푼다.

매그레는 그냥 노부부하고 일등칸에 앉아 가지 않은 걸 후회한다.

그가 꾸벅꾸벅 존다. 화들짝 깨어난다. 또다시 선잠이 든다. 결국 더는 견디지 못하고 목소리에 힘을 넣기 위해 헛기침을 한다.

「선생, 제발 부탁인데, 가만히 좀 계셔 주세요!」

그래 놓고는 마음이 불편하다. 목소리가 의도했던 것보다 훨씬 퉁명스럽게 튀어나왔으니까. 혹시 저 사람, 아픈 거라면?

사내는 대답을 하지 않는다. 꼼짝도 하지 않고 있다.

아마 작은 소리라도 내지 않으려고 엄청난 노력을 하고 있을 것이다. 근데 저 사람, 정말 남자일까? 매그레는 문득 궁금해진다. 여자일 수도 있지 않은가! 아예 보질 못했으니! 침대와 기차 천장 사이에 끼어 있는 그 사람은 보이지 않았다.

난방 열기 때문에 위쪽은 숨이 턱턱 막힐 게 분명했다. 매그레는 방열기의 온도를 조절해 보려고 시도한다. 그런데 온도 조절기가 고장 나 있다!

에고! 새벽 3시…….

〈이번에는 반드시 잠이 들어야 해!〉

근데 웬걸, 도무지 잠이 오질 않는다. 그는 위쪽 침대에 누운 사람만큼이나 신경이 곤두서 있다. 그가 기척을 살핀다.

〈이런! 또 시작이군…….〉

매그레는 어떻게든 잠이 들어 볼 요량으로 5백까지 숫자를 세며 억지로 숨을 고르게 쉬어 본다.

이거야 원, 사내가 이제 대놓고 운다! 아무래도 장례식 참석차 파리에 다녀오는 사람인 모양이다! 아니면 반대로 파리에서 일하는 불쌍한 양반이 고향에서 궂은 소식을 받았거나. 모친이 위독하거나 사망했다는……. 아니면 아내가……. 매그레는 그에게 야박하게 군 걸 후회한다. 누가 알겠는가? 가끔 열차에 영구차를 매달기도 하니까…….

그 순간 알자스에서는 처제가 출산을 하고 있었다! 4년 만에 벌써 세 번째!

매그레는 결국 잠이 든다. 기차가 멈췄다가, 다시 출발한다……. 기차가 철교를 건너며 요란한 소리를 낸다. 매그레가 갑자기 눈을 뜬다.

그는 꼼짝 않은 채 눈앞에 늘어져 있는 다리 두 개를 멍하니 바라본다. 위쪽의 남자가 침대에 걸터앉아 있다. 소리를 내지 않으려고 극도로 조심해 가며 신발 끈을 매고 있다. 그게 매그레가 그에게서 본 최초의 것이다. 희미한 취침 등 불빛에도 목이 긴 에나멜 구두가 또렷하게 드러난다. 양말은 회색 모직으로, 손으로 짠 것처럼 보인다.

사내가 동작을 멈추고 귀를 기울인다. 갑자기 리듬이 달라진 매그레의 숨소리를 염탐하는 것일까? 반장은 다시 숫자를 세기 시작한다.

그런데 그게 쉽지 않다. 온 신경이 신발 끈을 묶는 손에, 부들부들 떨려 네 번씩이나 같은 매듭을 묶는 손가락에 쏠려 있는 만큼 더더욱.

기차가 서지 않고 작은 역을 지나친다. 커튼 천을 통해 희미한 빛만 보인다.

사내가 내려온다! 분위기가 점점 더 악몽을 닮아 간다. 그는 그냥 자연스럽게 내려올 수도 있을 것이다. 또 훈계성 잔소리를 듣고 당황하게 될까 봐 두려웠던 것일까?

사내의 발이 더듬더듬 사다리를 찾는다. 발을 헛디뎌 떨어지기라도 할까 봐 아슬아슬하다. 그는 반장을 등지고 있다.

마침내 그가 문 닫는 것도 잊고 밖으로 나간다. 복도 안쪽으로 서둘러 사라진다.

문만 열어 두고 가지 않았다면, 매그레도 그냥 다시 잠을 청했을 것이다. 그런데 문을 닫기 위해 일어나야만 한다. 그는 사내가 사라진 복도 쪽을 바라본다.

그에게는 조끼는 고사하고 기껏해야 양복저고리를 걸칠 시간밖에 없다.

왜냐하면 미지의 사내가 복도 끝에서 열차 문을 열었으니까. 우연이 아니다, 바로 그 순간 기차가 속도를 늦추기 시작한 것은! 철도를 따라 지나가는 숲이 어렴풋이 보인다. 달은 보이지 않는데, 구름 몇 조각이 달빛을 받아 훤하다.

제동 장치들이 끽끽거린다. 기차 속도가 시속 80킬로미터에서 30킬로미터로, 아마도 더 낮게 떨어진 것 같다.

사내가 훌쩍 몸을 날린다. 등으로 떨어져 미끄러지더니 경사면 너머로 사라진다. 매그레도 생각이고 뭐고 없이 무작정 뛰어내린다. 기차의 속도가 더 떨어졌다. 따라서 위험은 전혀 없다.

매그레가 허공에 몸을 날린다. 그는 모로 떨어진다. 데

굴데굴 구른다. 세 바퀴를 구른 다음에야 철조망 근처에서 멈춘다.

빨간 불빛이 덜커덩거리는 소음과 함께 멀어져 간다.

반장은 아무 데도 다치지 않았다. 그가 일어선다. 사내는 추락하면서 더 큰 충격을 받은 모양이다. 왜냐하면 50미터 정도 떨어진 곳에서 이제 겨우 몸을 일으키기 시작했으니까. 아주 천천히, 힘겹게.

상황이 우스꽝스럽다. 매그레는 자문해 본다, 여행 가방을 빌프랑슈앙도르도뉴로 가는 기차에 놔둔 채 자신이 대관절 어떤 본능에 따라 철로 변 둔덕으로 뛰어내렸는지를. 그는 자신이 어디에 있는지조차 모르고 있다!

그의 눈에는 나무밖에 보이지 않는다. 아마도 거대한 숲인 것 같다. 저기, 도로가 밝은색 리본처럼 우람한 나무들 사이로 이어진다.

사내는 왜 꼼짝도 않는 걸까? 그는 무릎을 꿇고 있는 그림자에 불과하다. 추격자를 본 것일까? 부상을 당한 것일까?

「어이! 거기……」 주머니에서 권총을 찾으며 매그레가 소리친다.

그에겐 권총을 쥘 시간조차 없다. 번쩍, 붉은색 섬광이 인다. 그는 총성을 듣기도 전에 어깨에 큰 충격을 받는다.

10분의 1초도 걸리지 않았다. 이미 몸을 일으킨 사내가 잡목림을 가로지르더니 도로를 건너 완전한 어둠 속으로 사라진다.

매그레는 욕설을 내뱉는다. 그의 눈은 고통이 아니라 경악, 분노, 당혹감으로 가득하다. 눈 깜빡할 사이에 벌어진 일인 데다, 자신이 처한 상황이 너무나 한심했던 것이다!

그는 권총을 놓친다. 그것을 줍기 위해 몸을 굽히다가 인상을 찡그린다. 어깨가 몹시 아팠다.

더 정확히 말해 그것은 고통과는 다른 것이다. 피가 철철 흐르는 느낌, 심장이 박동할 때마다 끊어진 동맥에서 뜨거운 액체가 분출되는 느낌. 그는 감히 달리지 못한다. 함부로 움직이지도 못한다. 권총조차 줍지 못한다.

관자놀이가 축축하게 젖고, 목이 메어 온다. 예상한 대로 어깨 높이에서 끈적끈적한 액체가 손에 만져진다. 그가 상처를 더듬어 동맥을 찾는다. 피가 빠져나가는 것을 막기 위해 꽉 누른다.

매그레는 반쯤 의식을 잃은 상태에서 기차가 채 1킬로미터도 못 가 멈춰 서는 듯한 인상을 받는다. 그가 불안에 사로잡혀 귀를 기울이는 동안, 기차는 그렇게 오랫동안, 아주 오랫동안 서 있는 것처럼 느껴진다.

기차가 멈춰 선들 무슨 소용이 있단 말인가? 그냥 무의식적인 반응일 뿐이다! 덜컹거리는 기차 소리의 부재는 허공처럼 그를 겁에 질리게 한다.

드디어! 소리가 저 너머에서 다시 시작된다. 하늘에서, 나무들 너머에서 움직이는 붉은색이 희미하게 보인다.

그러고는 더 이상 아무것도 없다!

오른손으로 어깨를 쥐고 서 있는 매그레 외에는. 부상을 입은 건 왼쪽 어깨다! 그는 왼팔을 움직여 보려고 시도한다. 살짝 들어 올리는 데 성공하지만, 너무 무거운 팔은 맥없이 툭 떨어지고 만다.

숲에서는 아무 소리도 들려오지 않는다. 사내가 달아나지 않고 무성한 덤불 속에 웅크리고 있는 것 같다. 매그레가 도로로 나가면, 사내가 그를 완전히 끝장내기 위해 또다시 쏘지 않을까?

「한심한 놈! 한심한 놈! 한심한 놈……!」 멍청하기 짝이 없는 짓을 했다는 생각에 매그레가 으르렁거린다.

앞뒤도 재지 않고 무작정 철로 변 자갈에는 뭐하러 뛰어내렸을까? 날이 밝을 즈음 친구 르뒤크가 빌프랑슈 역에서 그를 기다릴 테고, 늙은 하녀는 이미 연어를 손질해 놨을 터였다.

매그레는 걷는다. 맥이 풀려 비틀거리면서. 3미터쯤 가다가 멈춰 서고, 출발했다가 또다시 멈춰 선다.

어둠 속에서 약간이라도 밝게 보이는 것은 도로밖에 없다. 한여름처럼 먼지가 뽀얗게 피어오르는 하얀 도로.

조금 잦아들긴 했지만 피는 여전히 흐른다. 매그레의 손이 피가 가장 많이 나는 곳을 꽉 쥐고 있다. 손이 피에 젖어 끈적끈적하다.

경찰로 일하면서 부상을 한두 번 당해 본 게 아니지만, 지금 그의 심적 동요는 수술대에 올라 사경을 헤맬 때만큼이나 크다. 이렇게 서서히 피를 잃느니 차라리 끔찍한 고통을 겪는 게 나을 것 같다.

이 깜깜한 밤에, 여기서, 홀로 죽어 가는 건 바보 같을 테니까! 자신이 있는 곳이 어딘지조차 알지 못한 채! 그의 가방들이 주인 없이 여행을 계속하고 있는 동안!

그자가 또 쏜다 하더라도 어쩔 수 없어! 그는 아찔한 현기증에 시달리며 몸을 앞으로 숙인 채 가능한 한 빨리 걷는다. 도로 푯말이 서 있다. 그런데 달의 후광 때문에 오른쪽 부분만 보인다. 3.5킬로미터.

3.5킬로미터 떨어진 곳에 뭐가 있다는 거지? 도시? 마을?

푯말이 가리키는 방향에서 소가 운다. 그쪽 하늘이 약간 더 창백하다. 저쪽이 동쪽이야, 틀림없어! 이제 곧 동이 틀 거야!

미지의 사내는 이제 그곳에 없는 것 같다. 아니면 부상당한 자를 끝장내고자 하는 마음을 접었거나. 매그레는 자신에게 아직 3~4분은 버틸 힘이 있다고 생각한다. 그는 그 시간을 활용하려고 한다. 그래서 생각을 하지 않기 위해 걸음 수를 세어 가며 병영에서처럼 일정한 보폭으로 걷는다.

조금 전에 울었던 소는 농장에서 키우는 소일 것이다. 농장 사람들은 일찍 일어난다……. 따라서…….

피가 왼쪽 옆구리까지 흘러내린다. 셔츠 속으로, 바지 허리띠 속으로…….

저기 보이는 게 불빛일까? 아니면 벌써 헛것이?

〈피를 1리터만 더 흘려도…….〉 그는 생각한다.

그것은 불빛이다. 하지만 그곳까지 가려면 경작해 놓은 들판을 가로질러야 한다. 그런데 그게 더 힘들다. 발이 땅에 푹푹 박힌다. 그가 방치되어 있는 트랙터 곁을 지나간다.

「누구 없소? ……여봐요! 누구 없소? ……빨리!」

절망에 찬 그 〈빨리〉는 자신도 모르게 튀어나왔다. 이제 그는 트랙터에 기댄다. 주르르 미끄러져 바닥에 주저 앉는다. 누군가 문을 여는 소리가 들린다. 한쪽 팔 끝에서 흔들리는 등이 어렴풋이 보인다.

「빨리!」

누가 다가와서 상처를 보고 지혈을 해주면 좋으련만! 총상 부위를 쥐고 있던 매그레의 손이 스르르 풀리면서 옆으로 툭 떨어진다!

19

「하나…… 둘…… 하나…… 둘…….」

숫자를 셀 때마다 마치 피가 달아나려는 것처럼 솟구쳐 흐른다.

혼란스러운 이미지들이 뚝뚝 끊기며 불연속적으로 이어진다. 모든 이미지에 악몽이 주는 공포의 색조가 배어 있다.

일정한 리듬…… 말의 발걸음…… 머리 아래 받쳐 놓은 짚단…… 그리고 오른쪽에서 지나가는 나무들…….

그건 매그레도 알아차렸다. 그는 짐수레에 누워 있었다. 날이 훤히 밝아 있었다. 짐수레는 양쪽에 플라타너스가 늘어선 도로를 따라 천천히 나아갔다.

그는 움직이지 않은 채 눈만 떴다. 마침내 시야에 손에 쥔 채찍을 흔들어 가며 태평스럽게 걸어가는 한 사내가 들어왔다.

악몽? 매그레는 기차의 사내를 정면에서 보지 못했다. 그가 본 것이라곤 희미한 실루엣, 염소 가죽 에나멜 구두, 그리고 회색 모직 양말뿐이었다…….

그렇다면 그는 왜 자신을 데려가는 농부가 바로 그 기차의 사내라고 생각했을까?

그는 투박한 회색 콧수염과 짙은 눈썹으로 뒤덮인, 고생에 찌든 흔적이 역력한 얼굴을 보았다. 그리고 부상자는 거들떠보지도 않은 채 앞만 똑바로 쳐다보는 밝은색

눈도…….

여기가 어디지? ……어디로 가는 거지?

반장의 손이 움직였다. 그는 가슴 주변에서 뭔가 비정상적인 것을, 두꺼운 붕대 같은 것을 느꼈다.

한 줄기 태양 광선이 갑자기 눈을 파고드는 순간, 그의 머릿속에서 생각들이 흐려졌다…….

그러고는 집들, 하얀 건물 전면들…… 밝은 빛을 반사하는 넓은 길…… 수레 뒤쪽에서 들려오는 소리, 수레를 따라오는 사람들의 소리……. 그리고 목소리들…… 구별할 수 없는 낱말들…… 고통을 가중시키는 수레의 덜컹거림…….

더 이상 덜컹거림은 없다. 그가 한 번도 경험해 본 적이 없는 키질과 옆질의 움직임뿐…….

그는 들것에 실려 있었다……. 흰 가운을 입은 사내가 앞에서 걷고 있었다……. 구경꾼들이 못 들어오게 누군가 커다란 철책 문을 닫았다……. 누군가 달려왔다…….

「당장 수술실로 데려가요.」

그들은 하얀 벽돌로 지은 아주 깨끗한 건물들이 서 있는 넓은 정원을 가로질렀다. 벤치에 회색 환자복을 입은 사람들이 앉아 있었다. 머리나 다리에 붕대를 감고 있는 사람들도 있었다. 간호사들이 분주히 오갔다…….

매그레는 의식이 몽롱한 가운데서도 〈병원〉이라는 말

21

을 내뱉으려고 애썼지만 성공하지는 못했다.

기차의 사내와 어딘지 모르게 닮아 보였던 농부는 어디로 갔을까? ……아이고 아파라! 그들이 계단을 오른다……. 그게 그를 아프게 한다…….

또다시 깨어난 매그레는 심각한 표정으로 자신을 바라보며 손을 씻는 남자를 봤다.

그러고는 가슴이 덜컥 내려앉는 것 같은 충격을 받았다. 그 남자 역시 염소수염을 길렀고, 눈썹이 짙다!

농부하고도 닮았나? ……어쨌거나 기차의 사내하고는 닮았다!

매그레는 말을 할 수가 없었다. 그가 입을 열려는데, 염소수염의 사내가 차분하게 말했다.

「3호실로 데려가요. 경찰 때문에 격리시키는 편이 낫겠어…….」

뭐라고? 경찰 때문이라니, 무슨 말이야?

하얀 가운을 입은 사내들이 다시 그를 데려갔다. 그들은 또다시 넓은 정원을 가로질렀다. 이런 날씨는 본 적이 없다고 느껴질 만큼 화창했다. 밝고 쾌활한 햇빛이 구석구석을 가득 채우는 것처럼 보였다!

사람들이 그를 침대에 눕혔다. 벽도 흰색이었다. 날이 거의 기차 안만큼이나 더웠다.

어디선가 목소리가 들려왔다.

「반장님이 언제쯤 심문을 할 수 있느냐고 물으시는데요……」

반장이라면 자신이 아닌가? 그런데 그는 아무것도 물은 적이 없었다! 이 모든 것은 정말이지 우스꽝스러웠다!

특히 의사와도 닮고, 기차의 사내와도 닮은 농부 이야기는!

근데 기차의 사내가 회색 염소수염을 기르고 있었던가? 콧수염은? 짙은 눈썹은?

「입을 벌리게 해요. 좋아……. 됐어…….」

의사가 그의 입에 뭔가를 부었다.

제길, 독으로 날 끝장내려고 하는군!

저녁 무렵 매그레가 의식을 되찾자, 그를 보살피던 간호사가 서둘러 병원 복도로 나갔다. 베르주라크의 수사판사, 검사장, 경찰 반장, 서기, 법의학자, 이렇게 다섯 명이 기다리고 있었다.

「들어가셔도 됩니다! 하지만 박사님이 환자를 너무 피곤하게는 하지 말라고 하셨어요. 근데 저 사람, 눈길이 하도 이상해서 미쳤다는 진단이 나와도 크게 놀랄 일은 아닐 것 같네요!」

그러자 다섯 남자는 그럴 줄 알았다는 듯 씨익 웃으며 서로를 바라보았다.

2
실망한 다섯 사람

그것은 엉터리 배우들이 연기하는 멜로드라마의 한 장면 같았다. 간호사가 마지막으로 매그레를 힐끗 쳐다보고는 〈잘들 해보세요!〉라고 말하는 것 같은 눈길을 하고 킥킥 웃으며 물러갔다.

남자 다섯이 제각기 다르지만 하나같이 위협적인 미소를 띤 채 방을 접수했다! 마치 실제가 아닌 것처럼, 매그레를 골려 주려고 일부러 장난을 치는 것처럼!

「먼저 들어가시죠, 검사장님…….」

검사장은 짧은 스포츠형 머리에, 자신의 직업에 잘 어울리도록 거울을 보며 연구했을 게 분명한 무시무시한 눈길을 가진, 키가 아주 작은 남자였다. 게다가 차갑고 악랄해 보이려고 애쓰는 그 부자연스러운 태도란!

그가 매그레를 힐끗 쳐다보며 침대 앞을 지나쳐서는, 무슨 의식에라도 온 것처럼 모자를 벗어 든 채 벽에 가서 섰다.

수사 판사도 똑같이 침대로 다가와 부상자를 쳐다보며 비웃고는 검사장 옆에 가서 섰다.

그다음은 서기……. 벌써 세 명이 벽을 등지고 서 있었다, 음모 가담자들처럼! 그리고 법의학자도 곧 그들과 합류했다!

이제 눈이 툭 튀어나온 뚱보, 사형 집행인 역할을 맡게 될 현지 경찰 수사대 반장만 남았다.

그가 다른 이들을 흘낏 쳐다보고는 매그레의 어깨에 천천히 손을 올려놓았다.

「결국 잡혔지, 엥?」

다른 때 같았으면 배꼽을 잡고 웃어 댈 수도 있었을 것이다. 하지만 매그레는 썩은 미소조차 띠지 않았다. 정반대로 불안스레 눈썹을 찌푸렸다.

자기 자신에 대한 불안! 그는 줄곧 현실과 꿈 사이의 경계선이 불확실하다는, 그리고 그것이 매 순간 더 흐릿하게 지워지고 있다는 인상을 받았다.

그런데 사람들이 그의 코앞에서 황당한 패러디 수사극을 펼치고 있었다! 기괴한 반장이 교활한 표정을 지으며 말했다.

「네놈이 어떻게 생겨 먹었는지 보게 되어 솔직히 기분이 그리 나쁘진 않군!」

나머지 네 사람은 벽을 등지고 선 채 말 한 마디 않고 쳐다보기만 했다!

　매그레는 긴 한숨을 내쉬는 자신을 발견하고 놀라며 시트 밖으로 오른손을 내밀었다.

　「지난밤에는 또 누굴 노렸던 건가? ……이번에도 아낙네 아니면 처녀?」

　그때서야 상황을 이해한 매그레는 이 오해를 바로잡으려면 장황하게 설명을 늘어놓아야 하리라는 것을 깨닫고 맥이 풀렸다. 그는 몹시 피곤했고, 잠까지 왔다. 온몸이 나른한 것이…….

　「알겠소이다!」 그가 무기력한 몸짓을 하며 무의식적으로 내뱉었다.

　사람들은 그 말을 이해하지 못했다. 그래서 매그레는 나지막이 반복했다.

　「알았으니…… 내일 봅시다…….」

　그러고는 눈을 감았다. 곧 그의 머릿속에서 의사, 농부, 기차의 사내, 그리고 검사장, 수사 판사, 법의학자, 반장, 서기까지, 모두가 동일 인물로 겹쳐졌다.

　이튿날 아침, 매그레는 침대에 앉아 있었다. 베개 두 개를 받쳐 등을 기대고 앉아, 밝은 햇빛 속을 오가며 병실을 정리하는 간호사를 바라보고 있었다.

키가 크고 건강한, 요란한 금발의 아름다운 아가씨였다. 그녀는 도발적인 동시에 두려움이 밴 눈길로 환자를 흘낏흘낏 훔쳐봤다.

「저기…… 어제 신사 다섯 분이 왔던 게 맞소?」

그녀가 어림없다는 듯 도도하게 대꾸했다.

「난 안 걸려들어요!」

「좋을 대로 하구려……. 그럼 그들이 여긴 뭐하러 왔었는지 말해 줄 순 있소?」

「난 당신에게 말할 권리가 없어요. 미리 밝혀 두는데, 당신이 무슨 말을 하든 난 그대로 전할 거예요!」

무엇보다 신기한 것은 새벽에 잠에서 완전히 깨어나기 전에 꾸던 꿈을 마저 꾸려고 고집을 피울 때처럼 매그레가 그 상황에서 일종의 희열을 맛보고 있다는 사실이었다.

태양은 동화의 삽화에 그려진 것만큼이나 쨍쨍했다. 바깥 어디선가 기병들이 말을 타고 지나갔고, 그들이 거리 모퉁이를 돌자 트럼펫 소리가 의기양양하게 울려 퍼졌다.

바로 그 순간, 간호사가 침대를 스쳐 지나갔고, 다시 질문을 하기 위해 그녀의 주의를 끌고자 했던 매그레가 손가락 두 개로 그녀의 원피스 아랫자락을 집었다.

그녀가 돌아서더니 무시무시한 비명을 내지르고 달아

났다.

오해는 정오가 거의 다 되어서야 풀렸다. 의사가 매그레의 어깨를 싸맨 붕대를 풀고 있을 때, 현지 경찰 반장이 도착했다. 그는 새 밀짚모자에 새파란 넥타이를 매고 있었다.

「내 지갑을 뒤져 볼 생각도 안 해보셨소?」 매그레가 점잖게 물었다.

「당신에게 지갑이 없다는 건 당신 자신이 더 잘 알고 있을 것 아니오!」

「아! 모든 게 설명되는군. 파리 수사국에 전화해 보시오. 내가 매그레 반장이라고 확인해 줄 테니. 더 빨리 확인해 보고 싶으면, 은퇴하고 빌프랑슈에 내려와 지내고 있는 내 동료 르뒤크에게 연락해 보시든가……. 하지만 그 전에 여기가 어딘지부터 말해 주시구려!」

현지 반장은 여전히 곧이듣지 않았다. 심지어 속셈이 빤히 보인다는 듯 씩 웃으며 팔꿈치로 의사를 툭툭 치기까지 했다.

낡은 포드 자동차를 끌고 르뒤크가 도착할 때까지, 그들은 판단을 유보하고 경계를 늦추지 않았다.

하지만 끝내는 매그레가 〈베르주라크의 광인〉이 아니라 정말 매그레라는 것을 인정해야만 했다!

르뒤크는 팔자 편한 시골 금리 생활자처럼 안색이 발그레한 게 아주 좋아 보였다. 그는 파리 수사국을 떠난 이후로 해포석 파이프로만 담배를 피우는 것처럼 폼을 잡았는데, 파이프의 자작나무 대가 주머니 밖으로 불쑥 튀어나와 있었다.

「사건을 몇 줄로 요약하자면 이렇다네. 난 베르주라크 주민은 아니지만 토요일마다 차를 끌고 장을 보러 오지. 온 김에 호텔 당글르테르에서 훌륭한 저녁 식사도 하고. ……그러니까 대략 한 달 전에 백주 대로에서 죽은 여자의 시신이 발견됐네. 정확히 말해, 목이 졸려 죽었지……. 근데 목이 졸린 것만은 아니었어! 여자가 정신을 잃고 쓰러지자, 범인은 그녀의 심장에 커다란 침을 찔러 넣는 만행을 저질렀다네…….」

「그 여자가 누구였는데?」

「물랭뇌프 농장의 레옹틴 모로. 훔쳐 간 건 아무것도 없었어…….」

「거시기는……?」

「성폭행도 없었네. 서른 살가량 된 아름다운 아낙이었는데도……. 범행은 해 질 무렵, 그녀가 시누이 집에서 돌아올 때 저질러졌어. 그게 하나고…… 다른 건은…….」

「두 건이 있었나?」

「두 건 반이라고 해야겠지……. 다른 건은 자전거를 타고 산책 나갔던 역장 딸, 열여섯 살 소녀였네……. 같은 상태로 발견됐지……」

「밤에?」

「이튿날 아침에. 하지만 범행은 밤에 저질러졌어……. 끝으로 세 번째는 여기서 5~6킬로미터 떨어진 도로에서 인부로 일하는 남동생을 만나러 갔던 호텔 종업원이었 네. 걸어가고 있는데 갑자기 누가 뒤에서 덮치더니 쓰러 뜨렸대……. 근데 그 여자, 완력이 보통이 아니거든……. 그녀가 손목을 물어뜯자 치한이 욕설을 내뱉고는 달아나 버렸다는군. 그녀는 숲 속으로 달아나는 그자의 뒷모습 만 어렴풋이 봤고……」

「그게 단가?」

「그렇다네! 여기 사람들은 인근 숲에 숨어 사는 미치 광이의 소행일 거라고 확신하고 있어. 절대 이 도시 사람 의 짓이라고는 인정하려 하지 않지……. 농장 주인이 달 려와 도로에서 자네를 발견했다고 신고했을 때, 사람들 은 자네가 바로 그 미치광이라고, 또다시 범행을 시도하 다가 부상을 입은 거라고 믿었네……」

르뒤크는 사뭇 심각했다. 그 터무니없는 오해를 놓고 낄낄댈 마음이 전혀 없는 듯 보였다. 그가 덧붙였다.

「게다가 끝까지 그 주장을 굽히지 않을 사람도 몇몇 있어.」

「수사는 누가 맡고 있나?」

「검찰과 현지 경찰.」

「나 좀 자게 해주겠나?」

필시 몸이 쇠약해진 탓이었을 것이다. 졸음이 끊임없이, 주체할 수 없을 정도로 밀려왔다. 매그레는 눈을 감고 있어야, 특히 눈꺼풀을 관통하는 밝은 태양 빛을 향해 돌아누워 비몽사몽 상태에 빠져야 심신이 편했다.

이제 그에게는 아이가 장난감 상자에서 알록달록한 병사들을 꺼내 걸게 하는 것처럼, 마음속으로 불러내어 움직이게 해야 할 새로운 인물들이 있었다.

서른 살가량의 농장 아낙…… 역장 딸내미…… 호텔 여종업원…….

그는 울창한 숲, 아름드리나무, 밝은색 도로를 떠올렸다. 그러고는 갑작스러운 공격, 먼지 속을 나뒹구는 희생자, 긴 침을 휘두르는 범인을 상상했다…….

그것은 그야말로 비현실적이었다! 특히 거리의 평화로운 소리들이 들려오는 그 병실에서는. 매그레의 병실 창문 바로 아래에서 누군가가 자동차 시동을 거느라 적어도 10분 동안 크랭크 핸들을 돌려 댔다. 외과의가 날렵한 고급차를 직접 몰고 도착했다.

밤 8시. 의사가 매그레의 상처를 들여다봤을 때는 집집마다 등이 모두 켜져 있었다.

「심각합니까?」

「무엇보다 회복하는 데 시간이 좀 걸릴 겁니다. 보름 정도는 꼼짝 말고 누워 계셔야……」

「그렇다면 호텔 같은 데 묵으면 안 되겠소?」

「여기가 불편하십니까? 물론 곁에서 시중들어 줄 분이 계시다면야……」

「그건 그렇고, 우리끼리 얘긴데, 선생은 베르주라크의 광인에 대해 어떻게 생각하시오?」

의사는 한참 동안 대답을 하지 않았다. 매그레는 더 구체적으로 물었다.

「선생도 이곳 사람들처럼 그자가 숲에 숨어 사는 일종의 정신병자라고 생각하시오?」

「아뇨!」

아무렴! 매그레도 그에 대해 곰곰이 생각해 보고, 직접 수사했거나 들어 본 적이 있는 유사 사건 몇 개를 떠올려 보았었다.

「범인은 일상생활에서는 선생이나 나처럼 행동하는 사람일 겁니다, 안 그렇소?」

「그럴 가능성이 있죠!」

「달리 말해, 그자가 베르주라크에 거주하면서 모종의 직업에 종사하고 있을 확률이 커요……」

외과의가 매그레를 향해 묘한 눈길을 날리더니 머뭇거

리며 당황하는 기색을 드러냈다.

「혹시 떠오르는 사람 없습니까?」의사에게서 눈을 떼지 않은 채 매그레가 물었다.

「이 사람 저 사람 많이 떠오르죠. 혹시 그 사람이 아닐까 했다가는…… 그럴 리가 없다며 고개를 젓게 되고…… 그래도 혹시나 하고……. 어떤 각도에서 곰곰이 살펴보면, 사람들 모두가 정신적 장애를 갖고 있는 것처럼 보이죠.」

매그레가 웃었다.

「이 도시 사람들 모두가 수상쩍어요! 심지어 시장이나 검사장부터 길에서 처음 만난 행인에 이르기까지…… 선생의 동료들과 병원 문지기도 포함해서…….」

의사는 전혀 웃지 않았다!

「잠깐…… 움직이지 마세요.」날카로운 메스로 상처의 깊이를 재보며 의사가 말했다. 「생각하시는 것보다 상처가 훨씬 깊습니다.」

「베르주라크 인구가 몇 명이나 됩니까?」

「대략 1만 6천 정도……. 모든 걸 고려할 때 그 미치광이가 상류층에 속하지 않나 하는 생각이 듭니다……. 심지어…….」

「침, 물론이죠!」외과의가 상처를 건드리는 바람에 인상을 찌푸리며 매그레가 구시렁거렸다.

「침이라니요, 뭘 말하고 싶으신 거죠?」

「침을 두 번 연속 정확하게 심장에 꽂았다는 것은 범인이 어느 정도 해부학적 지식을 갖춘 사람이라는 걸 증명해요…….」

침묵이 뒤따랐다. 외과의는 근심 어린 표정을 짓고 있었다. 그가 매그레의 어깨와 상체에 붕대를 다시 감고는 한숨을 쉬며 몸을 일으켰다.

「호텔에 방을 잡았으면 좋겠다고 말씀하셨죠?」

「예. 집사람을 부르도록 하지요…….」

「이번 사건을 직접 맡고 싶으신 겁니까?」

「물론!」

비라도 내렸으면 모든 게 엉망진창이 되어 버렸을 것이다. 하지만 적어도 보름 동안 비는 단 한 방울도 내리지 않았다.

매그레는 호텔 당글르테르 2층에 있는 가장 아름다운 방을 잡았다. 그의 침대는 대광장의 파노라마를 즐길 수 있도록 창가로 옮겨졌고, 그는 거기서 줄지어 선 집들의 그림자가 한쪽 열에서 반대편 열로 서서히 이동하는 것을 지켜볼 수 있었다.

매그레 부인은 늘 그래 왔듯 놀라지도, 호들갑을 떨지도 않은 채 상황을 순순히 받아들였다. 그녀가 도착한 지 한 시간도 채 지나지 않아 그 방은 그녀가 가져온 이런저런 생활 용품과 그녀가 부여한 개인적인 색조로 인해 이미 그녀의 방으로 변해 있었다.

이틀 전, 출산을 앞둔 동생의 침대 머리에서도 그녀는 똑같이 행동했을 것이다.

「몸집이 이만한 딸이에요! 당신도 봤어야 하는 건데! 몸무게가 거의 5킬로그램이나 나간다니까요…….」

그녀가 의사에게 물었다.

「먹어도 되는 게 뭐죠, 선생님? 닭을 푹 고아 먹일까요? 선생님이 꼭 금지시키셔야 할 게 하나 있어요. 파이프 담배요! 맥주도 그렇고요! 아마 한 시간 후에는 내놓으라고 절 들들 볶아 댈 거예요…….」

벽에는 붉은색과 녹색 줄무늬가 섞인 멋진 벽지가 붙어 있었다! 핏빛 선연한 붉은색! 요란한 녹색! 긴 줄무늬들이 햇빛 속에서 노래를 부르고 있었다!

그리고 니스 칠을 한 조악한 소나무 가구들이 너무 가는 다리 위에서 아슬아슬하게 균형을 유지하고 있었다.

침대 두 개가 놓인 아주 넓은 방이었는데, 2백 년은 족히 되어 보이는 벽난로에 생뚱맞게도 싸구려 방열기가 설치되어 있었다!

「내가 묻고 싶은 건 당신이 왜 그 사람을 따라 기차에서 뛰어내렸느냐는 거예요. 레일 위로 떨어졌어 봐요……. 어휴, 생각만 해도! 난 당신 줄 레몬 수프나 만들러 갈래요.

주방을 쓰게 해주면 좋겠는데……」

이제 꿈을 꾸는 듯한 순간들은 아주 드물었다. 햇빛을 받으며 눈을 감고 있을 때도 생각들이 거의 선명하게 떠올랐다.

하지만 매그레는 상상력을 발휘해 창조해 내거나 재구성한 인물들을 계속 움직여 댔다.

〈첫 번째 희생자…… 농장 아낙…… 기혼? ……아이들은?

그녀는 농장을 꾸려 가는 부부의 아들과 결혼했어……. 하지만 지나치게 멋을 부린다고, 소 젖 짜러 가면서 비단 속옷 세트를 입는다고 잔소리를 해대는 시어머니와 사이가 별로 좋지 않았지…….〉

매그레는 마음속으로 화가가 스케치를 하듯 끈기 있게, 애정을 담아 농장 아낙의 초상을 조금씩 그려 나갔다. 그는 그녀를 시댁에 현대적인 생각들을 전파하고, 파리에서 온 카탈로그를 뒤적이는, 육감적이고 통통하며 깔끔한 여자로 보았다.

그녀는 도시에 나갔다 돌아오는 길이었다……. 범인이 있는 곳에서는 길이 훤히 보였다……. 희생자들은 길 양쪽에 줄지어 서서 그림자를 드리우는 아름드리나무들 때문에 모두 닮아 보였을 것이다……. 아주 흰 백악질의 길 바닥은 빛이 조금만 비쳐도 환하게 빛났을 것이다…….

다음은 자전거를 타고 산책을 나간 계집아이.

〈사랑하는 남자가 있었을까?

그런 얘긴 전혀 없었어! 그녀는 매년 파리 숙모 집으로 보름 동안 바캉스를 보내러 갔어⋯⋯〉

골똘히 생각에 빠져 있다 보면 침대가 축축해졌다. 외과의가 하루에 두 번씩 찾아왔다. 점심 식사를 하고 나면, 르뒤크가 낡은 포드를 몰고 도착해 서툰 운전 솜씨로 주차를 하느라 창문 아래에서 한동안 진땀을 뺐다.

셋째 날 아침, 이번에는 르뒤크도 현지 반장처럼 밀짚모자를 쓰고 나타났다.

검사장도 방문했다. 매그레 부인을 호텔 종업원으로 착각한 그가 그녀에게 지팡이와 중절모를 내밀었다.

「오해가 있었던 점 이해해 주길 바라오. 신분증이 없어서 우리도⋯⋯」

「그럼요! 제 지갑이 없어지는 바람에⋯⋯. 그리고 계시지 말고 좀 앉으시죠.」

검사장은 여전히 공격적으로 보였다. 그건 그도 어쩔 수 없었다. 공처럼 생긴 작은 코, 너무 뻣뻣한 콧수염에서 기인하는 것이었으니까.

「이번 사건이 이 아름다운 고장의 평화를 위협하고 있어서 참으로 애통합니다. 악덕이 만연한 파리라면 몰라도⋯⋯ 하필 여기서⋯⋯!」

세상에나! 그 역시 눈썹이 아주 짙었다! 농부처럼! 의사처럼! 매그레가 무의식적으로 기차의 사내에게 부여했던 것과 유사한 회색 눈썹이었다!

상아 조각 손잡이가 달린 지팡이를 집어 들며 검사장이 말했다.

「그럼 난 이만! 빨리 쾌차하시길, 그리고 우리 고장에 대해 너무 안 좋은 기억을 간직하지는 마시길 바라오!」

그저 예의상의 방문일 뿐이었다. 그는 서둘러 가고 싶어 했다.

「훌륭한 의사를 만나 다행입니다. 마르텔 교수의 제자거든요. 그리고 나머지에 대해서는 유감입니다……」

「어떤 나머지요?」

「제가 말하고자 한 것은……. 신경 쓰지 마십시오. 그럼 다음에 또……. 부하를 시켜서라도 매일 소식을 챙기겠습니다.」

매그레는 완벽한 걸작이라 아니할 수 없는 레몬 수프를 먹었다. 하지만 식당에서 올라오는 진한 송로 수프 냄새를 맡고는 몹시 안타까워했다.

「믿어지지 않아요!」 그의 아내가 말했다. 「여기서는 다른 곳에서 감자 샐러드 내놓듯 송로를 내놓는다니까요! 마치 몇 푼 안 하는 것처럼! 심지어 15프랑짜리 메뉴에도……」

검사장 다음 차례는 르뒤크였다.

「이리 앉게……. 레몬 수프 좀 들 텐가? ……아냐? 내 담당 선생의 사생활에 대해 아는 것 좀 있나? 난 그 사람 성도 몰라…….」

「리보 박사! 나도 잘은 모르네. 사람들한테 들은 얘기 정도……. 아내하고 처제와 함께 산다더군. 이 고장 사람들 말로는 자매가 둘 다 마누라 노릇을 한대. 하지만…….」

「검사장은?」

「뒤우르소 씨? ……사람들한테 이미 들었나?」

「계속해 보게!」

「누이가 장거리 항해를 하는 선장의 미망인인데 미쳐 버렸지……. 그가 재산을 노리고 그녀를 정신 병원에 가둬 버렸다는 소문도 있네…….」

매그레는 희색이 만면했다. 르뒤크는 침대에 앉아 눈을 가늘게 뜨고 광장을 응시하는 그를 깜짝 놀란 눈으로 쳐다보았다.

「그 외에는?」

「없네! 이런 소도시에서는…….」

「다만, 자네도 알잖나, 르뒤크 이 친구야, 여긴 여느 소도시가 아닐세! 미치광이가 활보하는 소도시니까!」

정말 웃기는 건 르뒤크가 매그레를 쳐다보며 몹시 걱정되는 표정을 지었다는 사실이었다.

「활개를 치고 돌아다니는 미치광이! 가끔만 미치고, 나머지 시간에는 자네나 나처럼 여기저기 오가고 사람들과 대화를 나누는 미치광이 말일세…….」

「자네 부인이 너무 심심해하지는 않나?」

「이 호텔 주방을 발칵 뒤집어 놓고 있지! 주방장에게 자기 요리법을 건네주기도 하고, 그가 슬쩍 넘겨주는 요리법을 베끼기도 한다네. 어쩌면 주방장이 그 미치광이일지도…….」

죽음을 아슬아슬하게 모면했고, 건강을 회복하고 있으며, 특히 비현실적 분위기 속에서 세월아 네월아 쉬고 있는 데서 오는 들뜬 취기 같은 게 분명히 있었다.

그 와중에도 취미 삼아 두뇌를 회전시키고…….

창가 침대에 누워 한 고장, 한 도시를 연구하는 데서 오는…….

「여기 시립 도서관이 있나?」

「있고말고!」

「잘됐군! 자네가 가서 각종 정신병, 성적 도착, 편집병 등을 다룬 책들을 모조리 구해다 주면 고맙겠네. 전화번호부도 좀 올려다 주고……. 전화번호부, 그거 아주 쓸모가 많아! 그러니 아래층에 가서 이곳 전화기 줄이 긴지, 가끔 여기로 전화기를 가져다줄 수 있는지 좀 물어보게.」

또다시 졸음이 밀려왔다. 매그레는 그것이 열처럼 내

부에서 서서히 올라와 가장 깊은 곳에 있는 신경 섬유까지 점령하는 것을 느꼈다.

「참, 내일은 여기서 점심 같이 하세. 토요일이잖나.」

「난 이제 염소나 사러 가봐야겠네!」 르뒤크가 밀짚모자를 찾으며 말했다.

그가 방을 나섰을 때, 매그레는 이미 눈을 감고 있었고 살짝 열린 입에서는 규칙적인 숨소리가 새어 나왔다.

은퇴한 반장 르뒤크는 1층 복도에서 리보 박사와 마주쳤다. 르뒤크는 박사를 구석진 곳으로 데려가더니 한참을 망설이다 이렇게 소곤거렸다.

「제 친구가 입은 부상이…… 말하자면…… 두뇌에는 영향을 미치지 않는 게 확실합니까? 그러니까 적어도…… 어떻게 말씀드려야 할지 모르겠군요……. 제 말 이해하시겠습니까?」

의사가 알아들었다는 의미로 희미한 손동작을 하고는 물었다.

「평소에 지적 능력이 뛰어난 분입니까?」

「아주 뛰어나죠! 늘 그래 보이는 건 아니지만…….」

「아……!」

의사가 깊은 생각에 잠긴 눈을 하고 층계를 올라갔다.

3
이등석 표

매그레가 파리를 떠난 건 수요일 오후였다. 그날 밤 베르주라크 인근에서 총상을 입었고, 목요일과 금요일을 병원에서 보냈다. 그리고 토요일에 알자스에서 도착한 아내와 함께 호텔 당글르테르 2층의 넓은 방으로 거처를 옮겼다.

매그레 부인이 그에게 불쑥 이렇게 물은 건 월요일이었다.

「당신 왜 이번에 여행할 때 자유 통행권 사용 안 했어요?」

오후 4시 무렵이었다. 잠시도 가만히 있지 못하는 매그레 부인이 벌써 세 번째로 방을 정리하고 있었다.

창마다 밝은색 차양이 반쯤 쳐져 있었고, 그 빛의 장막 너머 바깥세상 분위기는 활기로 가득했다.

첫 파이프 담배를 피우던 매그레는 놀란 눈으로 아내를 쳐다보았다. 아내는 그를 향해 돌아서기를 피하는 것처럼, 미묘한 질문을 던진 탓에 볼이 발갛게 달아오른 것처럼 보였다.

그 질문은 뜬금없는 것이었다. 실제로 그는 기동 수사대의 모든 반장들과 마찬가지로 프랑스 전역을 무료로 여행할 수 있는 일등석 자유 통행권을 가지고 있었고, 파리에서 내려올 때도 그것을 사용했었다.

「당신, 이리 와서 좀 앉아 봐요!」 그가 웅얼거렸다.

아내가 망설이는 것을 본 매그레가 그녀를 거의 억지로 잡아당겨 침대 가장자리에 앉혔다.

「얘기해 봐요!」

그가 장난기 어린 눈길로 쳐다보자, 그녀는 더 당혹스러워했다.

「불쑥 질문을 던진 건 내가 잘못했어요. 하지만 당신 요즘 가끔 이상해 보여요. 그래서 물어본 거예요.」

「당신도!」

「그게 무슨 말이에요?」

「사람들이 모두 날 이상하게 여기고, 내가 한 얘기를 내심으로는 완전히 믿지 않고 있는데, 이젠 당신까지……」

「그래요! 하지만 내 나름대로 이유가 있어요! 조금 전에 복도에서, 우리 문 바로 앞에서 깔개를 교환하다가 이걸 발견했거든요……」

비록 호텔에 묵고 있어도, 약간은 집에 있는 것처럼 느끼고 싶다며 그녀는 앞치마를 하고 있었다. 그녀가 주머니에서 작은 종이 쪼가리를 꺼냈다. 그것은 지난 수요일자의 파리발 베르주라크행 이등석 기차표였다.

「깔개 근처에서……」 매그레가 웅얼거렸다. 「종이하고 연필 좀 갖고 와봐요.」

그녀는 이유를 이해하지 못한 채 지시에 따랐고, 연필심에 침을 묻혔다.

「받아 적어요……. 우선 아침 9시경에 호텔 사장이 안부를 묻기 위해 들렀고…… 그다음에는 10시가 조금 못돼서 외과의가 왔었고……. 이름을 아래위로 나란히 적어봐요. 검사장이 정오경에 왔었고, 그가 방을 나서는 순간 경찰 반장이 들어왔어…….」

「르뒤크 반장도 왔었어요!」 매그레 부인이 거들었다.

「맞아! 르뒤크도 넣어요! 이게 단가? 물론, 호텔 종업원이나 손님 중 하나가 복도를 지나다가 기차표를 떨어뜨렸을 수도 있지.」

「아뇨!」

「왜 아니지?」

「복도가 이 방으로만 통하니까! 누군가 왔다면, 문 뒤에서 엿들으러 온 사람일 거예요!」

「전화를 걸어 역장 좀 대달라고 해요!」

매그레는 시내에도, 역에도, 사람들이 말하는 그 어떤

장소에도 직접 가본 적이 없었다. 하지만 그는 이미 빠진 게 거의 없는, 제법 정확한 베르주라크를 머릿속에 재구성해 놓고 있었다.

미슐랭 가이드북이 그에게 도시 지도를 제공했다. 게다가 그가 묵는 호텔은 도시의 정중앙에 위치해 있었다. 그의 눈앞에 펼쳐진 광장이 마르셰 광장이었고, 오른쪽에 서 있는 건물이 법원이었다.

가이드북에는 이렇게 소개되어 있었다. 〈호텔 당글르테르. 일급. 객실 요금은 25프랑부터. 욕실 구비. 식사 15~18프랑. 전문 요리: 송로, 거위 간, 새고기 완자, 도르도뉴 강의 연어.〉

도르도뉴 강은 매그레가 묵는 객실 뒤쪽에 있어서 보이지 않았다. 하지만 그는 일련의 우편엽서를 통해 그 흐름을 따라갈 수 있었다. 우편엽서 한 장이 그에게 역을 보여 주었다. 그는 광장 맞은편에 있는 호텔 드 프랑스가 호텔 당글르테르[1]와 경쟁 관계에 있다는 사실도 알고 있었다.

매그레는 자신이 비틀거리며 걸어왔던 대로로 통하는 길들을 상상했다.

「역장이 받았어요!」

「목요일 아침에 파리발 기차에서 여행객들이 내렸는지

---

1 Hôtel d'Angleterre는 〈영국 호텔〉이라는 뜻이다.

물어봐요.」

「아니래요!」

「됐어요!」

그 기차표가 베르주라크에 도착하기 직전에 기차에서 뛰어내렸고, 그에게 총을 쐈던 자의 것이라는 건 수학적으로 거의 확실했다!

「당신이 뭘 해야 되는지 아오? 뒤우르소 검사장 집하고 외과의 집에 좀 갔다 와요.」

「왜요?」

「그냥! 갔다 와서 본 그대로 나한테 얘기해 줘요.」

혼자 남은 매그레는 그 틈을 이용해 허락된 것 이상으로 파이프 담배를 뻑뻑 피워 댔다. 날이 천천히 저물었고, 광장이 붉게 물들었다. 외판원들이 순회를 마치고 하나씩 돌아와 호텔 앞 주차장에 차를 세웠다. 아래층에서 당구공 부딪치는 소리가 들려왔다.

아페리티프 시간이라, 호텔 사장이 가끔 하얀 요리사 모자를 쓰고 환하게 불이 켜진 홀을 둘러보러 왔다.

〈기차의 사내는 왜 죽을 위험을 무릅쓰고 기차가 서기 전에 뛰어내렸을까? 그리고 따라 내린 사람이 있다는 걸 알아채고는 왜 총을 쐈을까?〉

어쨌거나 사내는 노선을 잘 아는 자였다. 왜냐하면 기차가 속도를 늦추는 바로 그 순간에 철로 변 자갈 위로 몸을 던졌으니까!

그가 역까지 가지 않은 것은 역원들이 그를 알고 있기 때문이었다!

하지만 그것만으로는 그가 물랭뇌프의 농장 아낙과 역장 딸을 살해한 범인이라는 걸 증명하기에 충분하지 않았다!

매그레는 침대차 위 칸에 타고 있던 자의 끊임없는 뒤 척임, 불규칙한 호흡, 그리고 침묵과 절망에 찬 한숨을 떠 올렸다.

〈이 시각쯤이면 뒤우르소는 자기 집 서재에서 파리 신 문을 읽고 있거나 서류를 들여다보고 있을 거고…… 외과 의는 간호사를 대동하고 병실을 돌아다니며 회진을 하고 있을 거야…… 그리고 경찰 반장은…….〉

매그레는 조금도 서두르지 않았다. 평소 그는 수사 초 기에는 현기증과 유사한 초조함에 사로잡혔다. 불확실한 것은 견뎌 내기가 힘들었다. 직감으로라도 진실을 알 것 같을 때에야 비로소 마음의 평온을 얻었다.

그런데 이번에는 몸 상태 때문인지는 몰라도 정반대 였다.

의사가 보름은 지나야 일어설 수 있을 거라고, 그러니 그때까지는 조심해야 한다고 말하지 않았던가!

따라서 시간은 충분했다. 침대에 누워, 모든 인물이 있어야 할 곳에 있는 베르주라크를 가능한 한 생생하게 재구성하며 보내야 할 긴 나날이 있었다.

〈벨을 눌러서 불을 좀 켜달라고 해야겠어!〉

하지만 그는 한껏 게으름을 피우며 꿈쩍도 하지 않았고, 임무를 마치고 돌아온 아내는 깜깜한 방 안에 혼자 누워 있는 그를 발견하고 화들짝 놀랐다. 창문도 그대로 열려 있어서 차가운 밤공기가 밀려들어 왔고, 등들이 광장 주변에 빛의 화환을 그렸다.

「폐렴에 걸리고 싶어요? 창문을 이렇게 열어 두다니 도대체 생각이……」

「어떻게 됐어?」

「어떻게 되긴요? 집들만 지켜보다 왔죠! 집들 지켜보는 게 무슨 쓸모가 있다는 건지 원!」

「그래도 얘기해 봐요!」

「뒤우르소 씨는 법원 건너편, 거의 저것만큼이나 넓은 광장에 거주하고 있어요. 3층으로 된 저택인데, 2층에 돌로 된 발코니가 있어요. 거기가 아마 서재인 모양이에요. 불이 켜져 있었거든요. 1층 덧창을 닫는 하인을 봤어요.」

「분위기가 밝아?」

「무슨 소리예요? 여느 저택과 같은 저택이라니까요! 분위기가 다소 어두운 편인……. 어쨌거나 창 하나당 2천 프랑은 족히 들였을 석류색 벨벳 커튼이 쳐져 있어요. 자르르 흘러내리는 유연하고 부드러운 벨벳요…….」

매그레는 매우 흡족해했다. 그는 섬세한 터치로 그 집에 대해 그렸던 이미지를 수정했다.

「하인은?」

「하인이 뭐요?」

「줄무늬 조끼를 입었고?」

「그래요!」

매그레는 할 수만 있었다면 박수라도 쳤을 것이다. 값비싼 벨벳 커튼, 다듬은 돌로 된 발코니, 고가구로 가득한 튼튼하고 웅장한 저택! 줄무늬 조끼를 입은 하인! 재킷, 회색 바지, 에나멜 구두 차림에 백발을 짧게 깎은 검사장.

「맞아요, 그 사람 에나멜 구두를 신어요!」

「단추식 구두! 어제 나도 눈여겨봤소…….」

기차의 사내 역시 에나멜 구두를 신고 있었다. 하지만 단추를 채우는 거였나? 아니면 끈으로 묶는 것?

「의사의 집은?」

「거의 도시 끝에 있어요! 해변에서 흔히 볼 수 있는 단독 주택…….」

「영국식 전원주택!」

「맞아요! 낮은 지붕, 잔디, 꽃밭, 예쁜 차고, 통로에 깔린 흰 자갈, 녹색으로 칠한 덧창, 쇠로 된 등이 있는……. 덧창들이 열려 있었어요. 거실에서 수를 놓고 있는 그의 아내를 봤어요.」

「처제는?」

「나중에 의사와 함께 차를 타고 돌아왔어요. 젊은 데다 미인이고 잘 차려입었더군요. 소도시에서 사는 여자로는 안 보였어요. 아마 옷은 파리에 주문해서 입을 거예요…….」

그것이 길에서 여자들을 공격하고 목을 졸라 기절시킨 다음 심장에 침을 꽂아 넣는 정신병자와 어떤 관계가 있을 수 있을까?

매그레는 그것을 알아내려고 애쓰지 않았다. 그는 사람들을 저마다의 자리에 위치시키는 것으로 만족했다.

「아무도 못 만났소?」

「아는 사람은 아무도요. 주민들이 밤에는 거의 외출을 안 하나 봐요.」

「영화관이 있소?」

「골목에서 하나 봤어요. 파리에서 3년 전에 본 영화를 상영하고 있던데요.」

오전 10시경에 도착한 르뒤크는 낡은 포드를 호텔 앞에 세워 두고 잠시 후 매그레의 방 문을 두드렸다. 매그레는 아내가 호텔 주방에서 직접 끓인 수프를 맛보고 있었다.

「어때, 몸은 좀 나아졌나?」

「좀 앉게! ……아니, 볕 드는 데 말고! 자네에게 가려 광장이 안 보이잖아…….」

르뒤크는 파리 수사국을 떠난 이후로 몸집이 많이 불었다. 그래서 예전보다 더 유순하고 겁을 집어먹은 사람처럼 보였다.

「오늘은 자네 요리사께서 뭘 만들고 계시나?」

「크림소스를 친 새끼 양고기 갈비……. 내가 될 수 있으면 가볍게 먹어야 해서……. 참! 자네 혹시 최근에 파리에 다녀오지 않았나?」

매그레 부인이 느닷없는 질문에 깜짝 놀라 홱 돌아보았다. 당황한 르뒤크가 힐난의 눈초리로 매그레를 쳐다보았다.

「그게 무슨 소린가? 자네도 알다시피…….」

물론! 매그레도 잘 알고 있었다. 하지만 그는 적갈색 콧수염을 살짝 기른 옛 동료를 자세히 관찰했다. 투박한 사냥 구두를 신은 발까지…….

「우리끼리 얘긴데, 자네, 여기서 사랑은 어떻게 즐기나?」

「그만해요!」 매그레 부인이 끼어들었다.

「천만에! 이거 아주 중요한 질문이야! 시골에서는 도시의 모든 편리함을 못 누려……. 자네 하녀 있잖아, 나이가 몇인가?」

「예순다섯! 자네 설마하니…….」

「다른 여잔 없고?」

무엇보다 불편한 건 사람들이 흔히 가볍게 놀리는 어
조로 던지는 질문들을 하며 매그레가 지은 아주 진지한
표정이었다.

「인근에 양 치는 아가씨는 없나?」

「가끔 일을 도우러 오는 그녀의 조카가 하나 있긴 하네.」

「열여섯 살? 아니면 열여덟……?」

「열아홉…… 하지만…….」

「자네 혹시…… 그 아가씨하고…… 그러니까…….」

르뒤크는 어떤 태도를 취해야 할지 알지 못했고, 그보
다 더 당황한 매그레 부인은 황급히 객실 안쪽으로 들어
가 버렸다.

「자네 주책이군!」

「달리 말해, 뭔가가 있었다는 말인가? ……용하네, 친구!」

하지만 매그레는 더 이상 그 생각은 안 하는 눈치였다.
그가 잠시 후 중얼거렸다.

「뒤우르소는 미혼이야……. 있잖아, 혹시……?」

「자네, 파리에서 온 티가 팍팍 나는군! 그런 게 세상에
서 가장 자연스러운 일인 양 마구 입에 올리니 말이야. 공
화국 검사장이 아무한테나 자신의 일탈을 떠벌릴 거라고
생각하나?」

「하지만 세상에 안 알려지는 일이 어디 있나? 난 자네도 알고 있다고 확신하네.」

「난 떠도는 소문밖에 몰라.」

「그것 보게!」

「뒤우르소 씨는 일주일에 한두 번씩 보르도에 가네. 그곳에…….」

끊임없이 르뒤크를 관찰하던 매그레의 입술에 묘한 미소가 떠돌았다. 그가 알았던 르뒤크는 시골 촌부처럼 겁에 질려 말과 처신에 신중을 기하는 사람이 아니었다.

「마음 닿는 대로 어디든 쉽게 오갈 수 있는 자네가 해야 할 일이 뭔지 아나? 은밀히 탐문을 해서 지난 수요일에 이 도시에 없었던 사람이 누군지 알아보게. 잠깐! 내가 특히 관심을 가지는 사람은 리보 박사, 검사장, 경찰 반장, 자네, 그리고…….」

르뒤크가 벌떡 일어섰다. 화가 머리끝까지 치민 그가 눈으로 자신의 밀짚모자를 찾았다. 금방이라도 그것을 쓰고 방을 나설 사람처럼.

「싫네! 농담은 이 정도면 됐어. 게다가 난 자네가 도대체 왜 이러는지 모르겠어. 부상을 당한 이후로 자네는…… 말하자면, 정상적이질 않아! 소문이 금방 퍼지는 이런 소도시에서 내가 은밀하게 공화국 검사장을 조사할 수 있을 거라고 생각하나? ……현지 경찰 반장까지! 이젠 공식 직함도 없는 내가! 게다가 난 자네가 넌지시 암시하는…….」

「앉아 보게, 르뒤크!」

「난 바빠서 이만 가봐야겠네!」

「앉으라니까! 자네도 이해하게 될 거야! 이곳 베르주라크에는 일상생활에서는 정상인의 외양을 갖추고 모종의 직업에 종사하다가, 어느 순간 갑자기 광기의 발작에 사로잡히는 인물이 존재하네…….」

「자넨 용의자의 무리 속에 나도 집어넣고 있어! 내가 자네 질문의 의미를 이해 못 했을 거라고 생각하나? 자네가 왜 나에게 정부(情婦)가 있는지 알고 싶어 하는지를? 자넨 정부 없이 지내는 남자가 다른 남자보다 그런 범죄에 빠져들 가능성이 더 크다고 생각하고 있어, 안 그런가?」

그는 정말로 화가 나 있었다. 얼굴이 벌겋게 달아올랐고, 두 눈이 번뜩였다.

「현지 경찰과 검찰이 이번 사건을 맡고 있네! 나랑 전혀 관계가 없단 얘기야! 자네가 끼어들길 원한다면…….」

「나랑 전혀 관계가 없는데도 말이지! 하지만 어쩌겠나! 하루나 이틀, 혹은 사흘, 혹은 일주일 후에 열아홉 살먹은 자네 애인이 심장에 침이 꽂힌 채 발견된다고 가정해 보세…….」

오래 걸리지 않았다. 모자를 휙 잡아챈 르뒤크가 그것을 너무 세게 쓰는 바람에 밀짚이 터지고 말았다. 그래도 그는 문을 쾅 닫고 나가 버렸다.

매그레 부인이 그 신호만을 기다렸다는 듯이 긴장되고 불안한 표정으로 나왔다.

「당신 도대체 왜 그래요? 르뒤크가 당신에게 무슨 해코지라도 했어요? 당신이 그렇게 무례하게 구는 거 정말 오랜만에 봤어요. 마치 그를 의심이라도 하는 것처럼……」

「당신이 뭘 해야 하는지 아오? 조금 있다가나 내일 르뒤크가 다시 올 거요. 난 저 친구가 버럭 화를 내고 나가 버린 걸 사과할 거라고 확신해요. 그래서 부탁인데, 내일 리보디에르에 있는 그의 집에 가서 점심 식사나 하고 와요……」

「내가요? 하지만……」

「자, 이제 잔소리 그만하고 파이프에 담배나 좀 채워 주고 내 베개나 좀 높여 줘요……」

30분 후 의사가 들어오자 매그레는 만면에 미소를 띠고 그를 맞았다. 매그레가 재미있다는 듯 그에게 물었다.

「뭐라던가요?」

「누가요?」

「내 동료 르뒤크 말이오. 그 친구, 어찌나 불안해하던지! 분명히 내 정신 상태를 정밀하게 검사해 봐야 한다고 했을 거요. 아뇨, 선생, 난 미치지 않았소. 하지만……」

그가 말을 멈췄다. 의사가 입에 체온계를 집어넣었기

때문이다. 체온을 재는 동안, 의사는 붕대를 풀고 더디게 아무는 상처를 들여다봤다.

「너무 많이 움직이세요! 38.7도⋯⋯. 담배를 피우셨는지 물어볼 필요는 없겠군요. 방 안에 연기가 자욱하니⋯⋯.」

「파이프 담배를 아예 못 피우게 해야 돼요, 박사님!」 매그레 부인이 끼어들었다.

하지만 매그레가 아내의 말을 잘랐다.

「우리의 미치광이가 얼마간의 시간 간격을 두고 범죄를 저질렀는지 말해 줄 수 있겠소?」

「잠깐만요⋯⋯. 첫 번째 사건은 한 달 전에 일어났고, 두 번째는 그로부터 일주일 후⋯⋯ 그리고 미수로 끝난 사건은 그다음 주 금요일이니까⋯⋯.」

「내가 무슨 생각을 하는지 아시오, 선생? 난 내일 새로운 사건이 일어날 가능성이 크다고 생각해요. 일어나지 않는다면, 그건 아마 범인이 감시를 받고 있다고 느끼기 때문일 거요. 그리고 일어난다면⋯⋯.」

「일어난다면?」

「그 경우에는 용의 선상에 있는 사람들을 하나씩 제거해 나갈 수 있겠죠. 예를 들어 범죄가 발생한 순간 선생이 이 방에 있다고 가정해 봅시다. 그러면 선생은 당연히 혐의를 벗게 되겠죠! 마찬가지로 검사장이 보르도에, 반장이 파리나 다른 곳에, 내 친구 르뒤크가 아주 먼 곳에 있다고 가정해 봐요.」

의사가 환자를 빤히 쳐다보았다.

「요컨대 가능성의 범위를 좁혀 가는 거로군요…….」

「가능성이 아니라 개연성!」

「그게 그거죠! 반장님은 그 범위를 수술 뒤 깨어났을 때 만났던 몇몇 사람들로 제한하고 있어요…….」

「꼭 그렇지는 않아요, 서기는 빼먹었으니까! 난 그 범위를 어제 하루 동안 날 방문했던 사람들, 부주의로 이등석 기차표를 떨어뜨렸을 수 있는 사람들로 축소하는 거요. 그건 그렇고, 선생은 지난 수요일에 어디 있었죠?」

「수요일에요?」

박사가 당황한 표정으로 기억을 더듬었다. 그는 태도가 분명하고 행동거지가 우아한, 활동적이고 야심만만한 젊은이였다.

「수요일이라…… 잠깐만요…… 라로셸에 갔었어요…….」

하지만 그는 반장이 재미있다는 듯 히죽히죽 웃는 것을 보고 정색을 하며 물었다.

「지금 절 심문하시는 겁니까? 만약 그렇다면 미리 알려 드리는데…….」

「진정해요! 끔찍할 정도로 바쁜 생활에 익숙하던 내가 침대에 누워 하루 종일 빈둥댄다는 걸 생각해 봐요. 그래서 시간을 보내기 위해 나 혼자 작은 놀이를 만들어 낸 거요. 미치광이 놀이 말이오! 의사라고 해서 미치지 말라는 법도, 미치광이라고 해서 의사가 되지 말라는 법도 없질 않소. 심지어 사람들 말로는 정신과 의사들은 거의 대부분 서로의 고객이라고 합디다. 공화국 검사장 역시 미치지 말라는 법이⋯⋯.」

매그레는 박사가 자기 아내에게 나지막하게 묻는 것을 들었다.

「혹시 술 드신 건 아니죠?」

압권은 리보 박사가 방을 나선 후였다. 매그레 부인이 불만 가득한 얼굴로 침대로 다가와 말했다.

「당신이 무슨 짓을 하고 있는지 알기나 해요? ⋯⋯난 도무지 당신을 이해할 수가 없어요! 선생님은 아무 말도 안 했지만⋯⋯ 예의 바른 사람이니까⋯⋯. 하지만 내가 느끼기로는⋯⋯ 왜 그렇게 자꾸 히죽거려요?」

「그냥! 햇살이 좋아서! 벽지의 저 붉은색과 녹색 줄무늬⋯⋯ 광장에서 수다를 떠는 저 아낙들⋯⋯ 거대한 곤충처럼 생긴 저 작은 레몬색 자동차⋯⋯ 그리고 솔솔 풍기는 이 거위 간 냄새 때문에⋯⋯. 그런데⋯⋯! 이곳에 미치광이가 하나 있어요⋯⋯. 저기 지나가는, 종아리가 터질 것 같은 어여쁜 산골 아가씨 좀 봐요. 배 모양을 한 작은 젖가슴을 가진 아가씨 말이야. 미치광이가 어쩌면 저 아가씨를⋯⋯.」

매그레 부인이 남편의 눈을 똑바로 쳐다보았다. 그녀는 그가 농담을 하는 게 아니라는 걸, 아주 진지하게 말하고 있다는 것을 깨달았고, 그 목소리에 묻어나는 불안을 느꼈다.

매그레가 아내의 손을 잡으며 말을 이었다.

「난 사건이 끝나지 않았다고 확신해! 그리고 오늘 생생하게 살아 있는 아름다운 아가씨가 며칠 후에 영구차에 실린 채 상복을 입은 사람들의 호위를 받으며 저 광장을 지나가는 것은 어떻게든 막고 싶어. 저 도시에, 저 햇살 속에 미치광이가 있어! 말하고, 웃고, 여기저기 오가는 미치광이가…….」

그러고는 눈을 반쯤 감은 채 아양 섞인 목소리로 웅얼거렸다.

「그래도 파이프 담배 한 대 정도는 피우게 해주구려!」

4
미치광이들의 약속

매그레는 가장 좋아하는 시각, 아침 9시를 택했다. 그 시각에만 드물게 볼 수 있는 질 좋은 햇빛, 광장의 한 집에서 주부가 열어 놓은 문, 짐수레 바퀴 굴러가는 소리, 갑자기 열어젖혀지는 덧창에서 출발해 정오까지 점점 더 속도를 더해 갈 생활의 리듬 때문에.

창문 너머로 그가 전 도시에 돌리게 한 공고문 하나가 플라타너스에 나붙어 있는 게 보였다.

수요일 아침 9시, 호텔 당글르테르, 매그레 반장이 미치광이의 소행으로 보이는 베르주라크 살인 사건에 대해 제보를 하는 모든 주민에게 1백 프랑의 보상금을 지불할 것입니다.

「나도 방에 있어야 해요?」 호텔에서조차 거의 집에 있을 때만큼의 일거리를 찾아내는 매그레 부인이 물었다.

「있어도 돼요!」

「난 싫어요! 게다가 아마 아무도 안 올 거예요.」

매그레가 또 히죽히죽 웃었다. 이제 겨우 8시 반이었다. 파이프에 불을 붙이던 그가 자동차 모터 소리에 귀를 기울이며 중얼거렸다.

「벌써 한 사람 오는군!」

그것은 이미 귀에 익어서 다리 오르막에 접어들자마자 알아들을 수 있는 낡은 포드 소리였다.

「르뒤크는 어제 왜 안 왔어요?」

「얘길 좀 나눠 봤는데, 베르주라크의 미치광이에 대한 생각이 나와 완전히 일치하지는 않았어. 그래도 이제 곧 여기 올 거야!」

「누가요, 미치광이가요?」

「르뒤크가…… 그리고 미치광이도! ……어쩌면 여러 명의 미치광이가 올지도! 이건 말하자면 수학적인 거야……. 저런 공고문은 머리가 살짝 돈 사람, 상상력이 풍부한 사람, 신경증 환자, 간질 환자들에게 저항할 수 없는 매력을 행사하지…… 들어오게, 르뒤크!」

르뒤크에게는 노크를 할 시간조차 없었다. 그가 약간 머쓱한 얼굴로 들어왔다.

「어제는 올 수가 없었나?」

「그래서 이렇게 달려왔잖아! 섭섭했겠지만, 용서하게.

······안녕하세요, 매그레 부인. ······어제는 수도관에 구멍이 나는 바람에 배관공을 부르러 갔어야 했네. 몸은 좀 어떤가?」

「괜찮아! 등이 여전히 관처럼 뻣뻣하지만, 그것 말고는······. 내 공고문 봤나?」

「무슨 공고문?」

그는 거짓말을 하고 있었다. 매그레는 하마터면 그에게 거짓말하지 말라고 쏘아붙일 뻔했다. 하지만 결국 그렇게 잔인하게 굴지는 못했다.

「좀 앉게! 모자는 집사람한테 주고. 이제 몇 분 후면 우린 많은 사람들을 맞이하게 될 걸세. 그중에 미치광이가 없으면 내 손에 장을 지지지.」

누가 노크를 했다. 하지만 광장을 가로지른 사람은 아무도 없었다. 잠시 후 호텔 사장이 들어왔다.

「죄송합니다. 손님이 와 계신 줄 모르고······. 저기, 공고문 때문인데요······.」

「제보할 게 있습니까?」

「제가요? ······천만에요! 어찌 그리 섭섭한 말씀을! 제가 알고 있는 게 있었다면 진작 말씀드렸을 겁니다. 전 다만 오는 사람들을 모두 올려 보내야 할지 알고 싶어서······.」

「그럼요! 그럼요!」

매그레는 반쯤 감긴 속눈썹을 통해 그를 쳐다보았다.

그렇게 눈을 지그시 감고 사람들을 쳐다보는 게 이제 버릇이 되어 버렸다. 햇빛이 쏟아져 들어오는 방 안에서만 지내서 그런 건 아니었을까?

「다른 용건이 없으면 이만 가보시죠.」

그러고는 사장이 방을 나서자마자 르뛰크에게 말했다.

「저 양반도 참 묘해! 힘 좋게 생기고 다혈질에다 나무처럼 우람한 사람이 피부는 늘 금방이라도 터질 것처럼 벌게 가지고……」

「예전에 인근 농장에서 일했는데, 농장 여주인하고 결혼했어. 그는 스무 살, 그녀는 마흔다섯 살이었지……」

「그 후로는?」

「지금 아내가 세 번째일세! 운명이지! 결혼을 하는 족족 죽어 나가니……」

「저 양반, 조금 있다 다시 올 걸세.」

「왜?」

「그야 나도 모르지! 하지만 사람들이 모이면 다시 올 거야. 어떻게든 구실을 찾아내겠지. 지금쯤 검사장은 벌써 재킷을 걸치고 집을 나서고 있을 걸세. 박사는 아침 회진을 후딱 해치우기 위해 병실을 부지런히 돌아다니고 있을 거고.」

매그레가 말을 끝맺기도 전에 뒤우르소 씨가 골목에서 나와 바쁜 걸음으로 광장을 가로지르는 게 보였다.

「셋!」

「셋이라니?」

「검사장, 호텔 사장, 그리고 자네.」

「나는 왜 또? 이것 보게, 매그레……」

「쉿! 뒤우르소 씨가 노크하길 망설이고 있으니 어서 가서 열어 주게.」

「난 한 시간 후에 돌아올게요.」 이미 모자를 챙겨 쓴 매그레 부인이 말했다. 검사장이 그녀에게 격식을 갖춰 인사를 하고는 반장과 악수를 나눴다. 그는 반장의 얼굴을 똑바로 쳐다보지 못했다.

「사람들이 당신이 벌인 일에 대해 귀띔해 주더군요. 그래서 사전에 당신을 만나 보고 싶었소. 물론 당신은 사적인 신분으로 행동하는 겁니다. 그럼에도 현재 수사가 진행되고 있는 사건과 관련된 일이니만큼 어떻게 된 영문인지 자초지종을 좀 들었으면 좋겠군요……」

「우선 좀 앉으십시오. 르뒤크, 검사장님 모자와 지팡이 좀 받아 드리게. 안 그래도 제가 르뒤크에게 조금 있다가 범인이 분명히 이곳에 나타날 거라고 말하는 중이었습니다, 검사장님……. 저런! 저기, 반장이 시계를 쳐다보고 있군요. 아마 이곳으로 올라오기 전에 아래층에서 뭐 한 잔 마실 겁니다……」

실제로 그랬다! 반장이 호텔로 들어서는 걸 모두가 봤

지만, 그는 10분 후에야 매그레의 방으로 올라왔다. 검사장을 발견한 그는 몹시 놀란 듯 보였고, 사과하듯 이렇게 웅얼거렸다.

「한번 들러 보는 게 제 의무라는 생각이 들어서…….」

「그렇고말고요! 르뒤크, 가서 의자 좀 가져오게. 옆방에 가면 있을 거야. 저기, 우리 손님들이 도착하기 시작하는군. 다만, 아무도 첫 타자가 되는 건 원치 않고 있어…….」

아닌 게 아니라 서너 사람이 호텔을 향해 수시로 눈길을 던져 가며 광장을 배회하고 있었다. 애써 태연한 척하며 서로 눈치를 살피고 있음을 느낄 수 있었다. 모두가 호텔로 다가가는 리보 박사의 자동차를 눈으로 좇았다. 그 자동차는 호텔 문 바로 앞에서 멈춰 섰다.

봄 햇살에도 불구하고 공기에 팽팽한 긴장이 감돌았다. 의사 역시 앞선 사람들처럼 방 안에 이미 사람들이 모여 있는 것을 발견하고는 당황한 기색을 드러냈다.

「마치 전시 군사 회의 같군요!」 그가 빈정거렸다.

그는 면도도 제대로 안 한 상태에다 넥타이도 평소보다 훨씬 덜 단정하게 매고 있었다.

「수사 판사님은…….」

「그는 심문이 있어서 생트에 갔소. 날이 저물어야 돌아올 겁니다.」

「그럼 그의 서기는?」 매그레가 물었다.

「수사 판사가 데리고 갔는지는 모르겠소. 아니라면……
봐요! 저기, 집을 나서고 있군요……. 호텔 바로 맞은편,
푸른 덧창이 있는 건물 2층에 살고 있거든요.」

층계에서 발소리가 울려 퍼졌다. 여러 사람의 발소리
에 이어 수군거리는 소리가 들려왔다.

「열어 주게, 르뒤크.」

이번에는 여자였다. 외부에서 온 손님이 아니라, 미치
광이에게 살해당할 뻔했던 바로 그 호텔 여종업원이었다.
한 남자가 잔뜩 주눅이 든 모습으로 그 뒤에 서 있었다.

「자동차 정비소에서 일하는 제 약혼자예요. 입을 다무는
게 낫다면서 제가 여기 오는 걸 말리다가 여기까지……」

「들어와요! 약혼자 되시는 분도…… 그리고 사장님도……」

호텔 사장이 흰색 모자를 손에 든 채 층계참에 서 있
었다.

「전 그냥 궁금해서…… 저희 종업원이……」

「들어오세요! 들어와요! 당신, 이름이 어떻게 되죠?」

「로잘리요, 선생님……. 잘 몰라서 그러는데, 저도 보상
금을 받을 수 있나요? 아시다시피, 전 이미 아는 걸 모두
말했거든요……」

화가 난 약혼자가 아무에게도 눈길을 주지 않은 채 뭐
라고 투덜거렸다.

「사실이기만 하다면야!」

「사실이고말고요! 제가 어떻게 있지도 않은 일을 지어
낼 수가……」

「그럼, 너랑 결혼하고 싶어 했다는 호텔 손님 이야기도
지어낸 게 아냐? 네 엄마가 떠돌이 집시들한테 납치됐었
다는 얘기도?」

여자는 화가 나 얼굴이 벌겋게 달아올랐지만 크게 당
황하지는 않았다. 손목과 발목이 견고하고 살집이 탄탄
한 강인한 시골 아가씨였다. 몸을 조금만 움직여도 몸싸
움을 벌인 후처럼 머리카락이 헝클어졌는데, 그걸 매만지
기 위해 팔을 들 때마다 적갈색 털이 무성한 축축한 겨드
랑이가 드러났다.

「전 사실대로 얘기했어요……. 누군가 뒤에서 절 덮쳤
고, 전 턱 근처에서 그놈의 손을 느꼈죠. 그래서 있는 힘
껏 깨물었어요. ……맞아, 그 인간, 손가락에 금반지를 끼
고 있었어요……」

「범인의 얼굴은 보지 못했소?」

「곧바로 숲 속으로 달아나 버리는 통에 등밖에 못 봤
어요. 전 다리가 후들거려 일어설 기운조차……」

「따라서 대질을 시킨다 해도 못 알아보겠군! 수사 판
사에게도 그렇게 진술했소?」

로잘리는 입을 다물었지만, 고집스러운 얼굴 표정에는
뭔가 위협적인 것이 있었다.

「반지는 알아볼 수 있겠소?」

매그레의 눈길이 모든 손들, 가문(家紋)이 새겨진 묵직한 반지를 낀 르뒤크의 오동통한 손, 달랑 결혼반지 하나만 낀 박사의 가늘고 긴 손, 그리고 주머니에서 손수건을 꺼내 쥐고 있는 검사장의 아주 창백하고 메마른 손 위를 떠돌았다.

「금반지였어요!」

「범인의 정체에 대해서는 전혀 떠오르는 게 없소?」

「선생님, 제가 한 말씀 드려도……」 이마에 진땀을 흘리며 약혼자가 입을 열었다.

「말해 보시오!」

「전 불행이 닥치는 걸 원치 않습니다. 면전에서 말하긴 뭐하지만, 로잘리는 좋은 여자거든요. 하지만 그녀는 매일 밤 꿈을 꿉니다. 그래서 가끔 저에게 꿈 이야기를 해주기도 하죠. 그러고는 며칠 있다가 그게 실제로 일어난 일이라고 믿기도 한답니다. 그녀가 즐겨 읽는 소설들에 대해서도 마찬가지예요……」

「파이프에 담배 좀 채워 주겠나, 르뒤크?」

매그레는 창문 너머로 열 명 남짓한 사람이 끼리끼리 모여 수군대는 것을 보았다.

「아가씨, 아무리 그래도 어렴풋이나마 감이 잡히는 게……」

로잘리는 입을 다물었다. 다만, 그녀는 순간적으로 검

사장에게로 눈길을 던졌다. 매그레는 단추를 채워 잠그는 검정색 에나멜 구두를 다시 한 번 쳐다보았다.

「로잘리 양에게 백 프랑을 주게, 르뒤크. 자넬 비서처럼 부려 먹어서 미안하네…… 사장님은 이 아가씨에게 만족하십니까?」

「호텔 메이드로서는 나무랄 데가 없죠.」

「좋습니다! 다음 분들 들어오게 해요.」

그사이 서기가 슬그머니 들어와서는 벽을 등지고 서 있었다.

「아, 오셨어요? 그러고 있지 말고 좀 앉아요.」

「전 시간이 얼마 없어서……」 의사가 주머니에서 시계를 꺼내며 웅얼거렸다.

「오래 안 걸릴 겁니다!」

매그레는 파이프에 불을 붙였고, 열린 문으로 한 청년이 들어서는 것을 쳐다보았다. 빛바랜 금발에 눈곱 낀 눈, 누더기나 다름없는 옷, 얼핏 봐도 정상이 아니었다.

「설마하니 저런 아이까지……」 검사장이 툴툴거렸다.

「들어오게, 젊은이! 자네, 가장 최근에 발작을 일으킨 게 언젠가?」

「저 친구, 일주일 전에 병원에서 퇴원했습니다!」 의사가 말했다.

그 청년은 분명 간질 환자였다. 시골 사람들이 마을 얼간이라 부르는 인물의 전형 그 자체였다.

「자네, 나한테 무슨 할 말이 있어서 찾아왔나?」

「저요?」

「그래, 자네! 얘기해 보게……」

하지만 청년은 말은 않고 훌쩍거리기 시작했다. 곧 그의 울음이 발작적으로 변해 갔다. 사람들은 그가 눈을 까뒤집고 쓰러질까 봐 두려워했다. 그 와중에도 분명하게 분절되지 않은 몇 마디 말은 알아들을 수 있었다.

「사람들은 만날 저만 갖고 뭐라고 해요……. 전 아무 짓도 안 했어요! 맹세해요! ……근데 왜 저한테는 백 프랑 안 줘요? 그 돈 받아서 빵 사 먹으려고 했는데……」

「백 프랑 주게! 다음!」 매그레가 르뒤크에게 말했다.

검사장은 짜증이 난 기색이 역력했다. 마치 자신은 상관없다는 듯이 서 있던 현지 반장이 지적했다.

「이곳 경찰이 이런 식으로 일을 한다면, 아마 다음 번 도의회에서는……」

방 한구석에서 로잘리와 약혼자가 소리 죽여 말다툼을 벌였고, 호텔 사장은 빠끔히 열린 문 틈으로 고개를 내밀고 아래층에서 들려오는 소리에 귀를 기울이고 있었다.

「이런 식으로 해서 정말 뭔가를 알아내길 바라오?」 뒤우르소 씨가 한숨을 쉬며 말했다.

「저요? ……전혀!」

「그렇다면……」

「전 여러분께 미치광이가 여기 올 거라고 말했습니다. 어쩌면 그가 여기 있을지도 모르죠.」

그 방에 들어온 사람이라곤 세 사람밖에 없었다. 사흘 전에 〈그림자 하나가 나무들 사이로 슬그머니 빠져나오기에〉 다가가자 부리나케 달아나는 걸 봤다고 주장한 도로 보수 인부까지 포함해서.

「그 그림자가 당신에겐 아무 짓도 안 했소?」

「예!」

「그리고 당신도 그를 알아보지 못했고? 그럼 50프랑!」

그 방에서 쾌활한 기분을 유지하고 있는 사람은 매그레뿐이었다. 광장에는 서른 명은 족히 되어 보이는 사람들이 삼삼오오 모여 호텔 창문을 올려다보고 있었다.

「당신은?」

상복 차림의 한 농부가 잔뜩 화가 난 눈을 하고 기다리고 있었다.

「전 가장 먼저 살해당한 아이의 아비 되는 사람입니다. 제가 찾아온 건 다름이 아니라 제 손으로 그 괴물을 잡기만 하면……」

그 역시 검사장 쪽을 힐끔힐끔 돌아보았다.

「짐작이라도 가는 사람이 있습니까?」

「짐작요? 아뇨! 하지만 전 절대 애먼 소리 안 하는 사람입니다! 딸년을 잃고 눈이 뒤집힌 아비를 누가 어쩌겠습니까! 이미 뭔가가 있었던 쪽을 뒤져 보시는 게 나을 겁니다. 선생님은 이곳 분이 아니시니…… 잘 모르시겠지만…… 아무나 붙잡고 물어보세요, 진상을 알 수 없는 일들이 이미 일어났었다고 대답할 테니……」

안 그래도 초조한 기색이 역력하던 의사가 벌떡 일어났다. 현지 반장은 아무것도 듣고 싶지 않은 사람처럼 다른 곳을 쳐다보고 있었고, 검사장은 돌처럼 굳어 있었다.

「이렇게 와줘서 고맙소이다.」

「전 50프랑이니 백 프랑이니 그따위 필요 없어요. 언제 저희 농장에 한번 들러 주신다면……. 농장 위치는 아무한테나 물어봐도 가르쳐 드릴 겁니다.」

그는 계속 남아 있어야 하는지 묻지 않았다. 아무에게도 인사를 하지 않고 어깨를 늘어뜨린 채 방을 나가 버렸다.

농부가 방을 나서자 긴 침묵이 이어졌다. 매그레는 성한 한쪽 손으로 파이프 담뱃재를 다지느라 여념이 없는 척했다.

「성냥 좀 주게, 르뒤크…….」

그 침묵에는 뭔가 비장한 것이 있었다. 마치 광장에 삼삼오오 흩어져 있는 사람들도 소리를 내지 않으려고 조심을 하는 것 같았다. 터벅터벅 자갈길을 걸어가는 늙은 농부의 발소리만 들려올 뿐.

「제발 입 좀 다물고 있어, 알겠어?」

로잘리의 약혼자가 이렇게 말하고는 자기 목소리에 깜짝 놀라 황급히 입을 다물었다. 로잘리는 약혼자의 말에 기가 죽었는지, 아니면 내심 망설이고 있는지 앞만 똑바로 쳐다보고 있었다.

「자, 여러분.」 마침내 매그레가 입을 열었다. 「제가 보기에 이 정도면 그리 나쁘지는 않은 것 같군요…….」

「경찰 심문에서 이미 나온 얘기들이에요!」 현지 반장이 일어나 모자를 찾으며 지적했다.

「다만, 이번에는 미치광이가 여기 있다는 게 다르죠!」

매그레는 아무에게도 눈길을 주지 않았다. 그는 하얀 침대보만 뚫어져라 쳐다보며 말을 했다.

「그 미치광이, 발작이 지나가도 자기가 한 짓을 기억할 거라고 생각하시오, 의사 선생?」

「예, 거의 확실합니다.」

호텔 사장은 방 한가운데 서 있었는데, 그래서 더 당혹스러워했다. 온통 흰색인 그의 복장이 모든 이의 눈길을 끌었기 때문이다.

「기다리는 사람이 아직 있는지 나가 보게, 르뒤크!」

「죄송하지만 전 더는 시간이 없어서 이만!」 리보 박사가 일어서며 말했다. 「11시에 진료가 있어서요. 그것도 사람 목숨이 달린 일이라…….」

「저랑 같이 가시죠……」 현지 반장이 중얼거렸다.

「검사장님은요?」 매그레가 물었다.

「에…… 난…… 나도…… 가봐야죠…….」

얼마 전부터 매그레는 뭔가 만족스럽지 못한 듯 보였고, 초조한 표정으로 여러 차례 광장 쪽을 내다보았다. 모두가 일어서서 방을 나서려는 순간, 갑자기 그가 침대에서 몸을 가볍게 일으키며 중얼거렸다.

「드디어! 잠깐만요, 여러분…… 저기 또 한 명의 제보자가 오는 것 같군요.」

그러고는 호텔을 향해 달려오는 여자를 가리켰다. 선 자리에서 그녀를 볼 수 있었던 의사가 깜짝 놀라 외쳤다.

「프랑수아즈……!」

「아시는 분입니까?」

「제 처제입니다……. 아마 환자가 전화를 한 모양입니다. 아니면 사고가 났거나…….」

누군가 헐레벌떡 층계를 뛰어 올라왔다. 말소리가 들려오더니 문이 열렸고, 젊은 여자가 헐떡이며 방으로 들어와 겁에 질린 표정으로 주변을 둘러보았다.

「자크! ……반장님! ……검사장님!」

스무 살도 채 안 되어 보이는 젊은 아가씨였다. 그녀는 날씬하고 활력에 넘치고 예뻤다.

원피스에는 먼지가 묻어 있었고, 블라우스 일부가 찢

어져 있었다. 그녀는 끊임없이 두 손을 목으로 가져갔다.

「그…… 그놈을 봤어요…… 그놈이 절…….」

아무도 움직이지 않았다. 그녀가 형부 쪽으로 다가가며 말했다.

「봐요!」

그녀가 그에게 피멍이 든 목을 보여 주며 말을 이었다.

「거기…… 물랭뇌프 숲에서…… 산책을 하고 있는데 어떤 남자가…….」

「내가 말했잖아요, 뭔가를 알게 될 거라고!」

그새 냉정을 되찾은 매그레가 중얼거렸다. 매그레를 너무나 잘 알고 있는 르뒤크가 놀란 표정으로 쳐다보았다.

「그자를 똑똑히 봤죠, 아닌가요?」 매그레가 젊은 아가씨에게 물었다.

「자세히는 못 봤어요! 제가 어떻게 그자의 마수에서 벗어났는지 저도 잘 모르겠어요. 나무 그루터기에 발이 걸렸는지 그자가 넘어졌고…… 전 그 틈을 이용해 마구 때리고는…….」

「그자의 생김새를 묘사해 보세요.」

「잘 모르겠어요……. 떠돌이 같았어요. 농부 옷을 입고 있었고……. 귀가 불쑥 나온 게 아주 컸어요. 한 번도 본 적이 없는 사람이었어요.」

「그자가 달아났소?」

「제가 소리를 지를 것 같으니까……. 그리고 도로 쪽에서 차 소리가 들려왔어요. 그러자 그자가 덤불숲 쪽으로 황급히 달아났어요…….」

그녀는 서서히 호흡을 가다듬었고, 한 손은 목에, 다른 한 손은 가슴에 올려놓았다.

「너무 무서웠어요……. 자동차 소리가 들려오지 않았다면 아마……. 전 죽을 힘을 다해 여기까지 달려왔어요.」

「잠깐! 집이 더 가깝지 않았나요?」

「집에는 언니밖에 없다는 걸 알고 있었거든요.」

「농장 왼쪽이었소?」 현지 반장이 물었다.

「방치된 채석장 지나서요.」

현지 반장이 검사장에게 말했다.

「숲을 뒤지라고 해야겠습니다. 그자가 아직 거기 있을지도 모르니까요.」

리보 박사는 난처한 표정을 짓고 있었다. 그는 인상을 찌푸린 채 이제 탁자에 기대 정상적인 호흡을 거의 되찾은 처제를 쳐다보았다.

르뒤크는 매그레의 눈길을 찾았고, 그와 눈이 마주치자 의기양양한 표정을 감추지 않았다. 그리고 이렇게 말했다.

「어쨌거나 이 모든 게 그 미치광이가 오늘 아침 여기 오지 않았다는 것을 증명하는 것 같군요.」

현지 반장이 층계를 내려가 집무실이 있는 시청을 향해 오른쪽으로 방향을 꺾었다. 검사장이 소맷자락으로 중절모를 천천히 쓸어내리며 말했다.

「프랑수아즈 양, 수사 판사가 생트에서 돌아오는 즉시 연락을 할 테니 그의 사무실로 출두하세요. 정식으로 신고를 하고 진술서에 서명을 해야 할 테니까.」

그가 매그레에게 바싹 마른 손을 내밀었다.

「더는 우리가 필요하지 않으실 것 같군요!」

「물론이죠! 게다가 전 검사장님이 이렇게 직접 행차하실 줄 몰랐습니다……」

매그레가 르뒤크에게 신호를 보냈고, 르뒤크는 자기가 나서서 모든 사람을 밖으로 내보내야 한다는 것을 알아차렸다. 로잘리와 약혼자는 여전히 티격태격 말다툼을 벌이고 있었다.

입술에 미소를 머금은 채 침대로 돌아온 르뒤크는 친구의 심각하고 불안한 얼굴을 보고 놀랐다.

「왜 그러나?」

「아무것도 아닐세!」

「나온 게 없어서 그러나?」

「너무 많이 나와 탈이지! 파이프에 담배나 좀 채워 주게, 집사람 오기 전에……」

「오늘 아침에 미치광이가 여기 올 거라면서?」

「그랬지!」

「하지만…….」

「자꾸 캐묻지 말게. 여자가 또 하나 죽었으면 정말 끔찍했을 거야. 왜냐하면 이번에는…….」

「이번에는 뭐?」

「이해하려고 애쓰지 말게. 저기 집사람이 광장을 가로질러 오는군. 틀림없이 담배를 너무 많이 피운다고 잔소리를 해대면서 담배를 치우려 할 거야. 그러니 이 베개 밑에 조금만 감춰 주게나…….」

그는 더웠다. 어쩌면 얼굴이 가볍게 달아올라 있을지도 몰랐다.

「가서 일 보게! 전화기는 내 곁에 놔두고…….」

「난 호텔에서 점심 식사를 할 생각이네. 거위 고기 조림이 나오는 날이거든. 오후에 시간 나면 악수나 나누러 잠시 들르겠네…….」

「좋을 대로! ……그건 그렇고, 그 아가씨…… 자네가 말했던 아가씨 말일세……. 그 아가씨 만난 지는 한참 됐나?」

르뒤크가 온몸을 부르르 떨고는 동료의 눈을 똑바로 쳐다보며 으르렁거렸다.

「자네, 해도 너무하는군!」

그는 탁자에 놔둔 밀짚모자도 잊고 횅하니 나가 버렸다.

5

에나멜 구두

「예, 부인…… 호텔 당글르테르로요. 물론 내키지 않으시면 안 오셔도 됩니다…….」

르뒤크가 화가 나 방을 나섰을 때였다. 매그레 부인이 층계를 올라오고 있었다. 박사, 그의 처제, 그리고 검사장은 박사의 자동차 근처에 서 있었다.

매그레가 필시 집에 혼자 있을 리보 부인에게 전화를 걸었던 것이다. 그는 그녀에게 호텔로 와달라고 부탁했고, 불안해하는 그녀의 목소리를 듣고서도 별로 놀라지 않았다.

방으로 들어선 매그레 부인이 모자를 벗으며 통화 끝부분을 들었다.

「범행이 또 일어났다던데 사실이에요? 오는 길에 물랭 뇌프로 달려가는 사람들과 마주쳤어요…….」

매그레는 깊은 생각에 빠져 대답을 하지 않았다. 도시

의 움직임이 서서히 변해 가는 것이 보였다. 소식이 빠른 속도로 퍼졌고, 점점 더 많은 사람들이 광장 왼쪽에서 시작되는 길로 모여들었다.

「철도 건널목이 저기쯤 있겠군……!」 머릿속에서 도시 전체의 지도를 그리기 시작한 매그레가 중얼거렸다.

「맞아요! 처음에는 도시의 흔한 도로 같다가 비포장 길로 끝나는 긴 길이 하나 있어요. 물랭뇌프는 두 번째 모퉁이를 지나서 있고요. 더 이상 제분소[2]는 없고, 벽을 온통 흰색으로 칠해 놓은 큰 농가가 있더군요. 지나오면서 보니까, 가금으로 가득한 마당에서 사람들이 소들을 수레에 매고 있었어요. 특히 칠면조들이 얼마나 멋지던지…….」

매그레는 풍경 묘사를 듣는 장님처럼 아내의 얘기에 귀를 기울였다.

「농지는 넓고?」

「여기 사람들은 주르날[3]로 계산을 한대요. 사람들 말로는 2백 주르날 정도 된다던데, 난 그게 어느 정도인지 감이 안 잡혀요. 어쨌거나 농지를 지나면 곧바로 숲이 시작되고, 그 너머에 페리괴로 가는 대로가 있어요.」

군경이 그곳을 뒤지고 있을 터였다. 몇 명 안 되는 베르주라크의 경관들도. 매그레는 토끼몰이 하듯 가시덤불

---

2 물랭뇌프가 〈새 제분소〉라는 뜻이다.
3 한 사람이 하루에 경작할 수 있는 토지의 면적.

속을 성큼성큼 걸어가는 그들을 상상했다. 무리 지어 도로에 서서 구경을 하는 사람들과 나무 위로 기어오르는 아이들도……

「이제 날 혼자 있게 해주구려. 미안하지만 그곳에 좀 다녀와 주겠소?」

그녀는 토를 달지 않았다. 방을 나선 그녀는 호텔로 들어서는 젊은 여자와 마주쳤다. 그녀는 놀란 표정으로 돌아보았다. 어쩌면 기분이 살짝 안 좋았을지도.

그 여자는 리보 부인이었다.

「이리 좀 앉으시죠. 이곳까지 오시게 한 걸 용서하세요. 특히 별것 아닌 일로 말이죠. 왜냐하면 부인께 여쭤볼 게 있는지조차 잘 모르겠거든요! 이번 사건이 워낙 복잡하게 얽혀 있어서……」

매그레는 그녀에게서 눈길을 떼지 않았고, 그녀는 그의 눈길에 최면이라도 걸린 것처럼 꼼짝 않고 앉아 있었다.

매그레는 많이 놀랐지만, 그렇다고 완전히 갈피를 못 잡을 정도는 아니었다. 그는 리보 부인에게 뭔가가 있을 거라고 막연히 짐작했고, 이제 그녀가 생각했던 것보다 훨씬 더 묘한 인물이라는 것을 알아차렸다.

그녀의 동생 프랑수아즈는 날씬하고 우아했다. 그녀에게는 시골이나 소도시를 떠올리게 하는 면이 전혀 없었다. 리보 부인에게는 세인의 눈길을 끌 만한 게 거의 없었다. 사람들이 어여쁜 부인이라 부를 수 있는 인물조차 못 되었다. 스물다섯에서 서른 살 사이로, 중키에 약간 살이 찐 편이었다. 의상은 시골 양장점에서 만든 것이거나, 고급 양장점 물건이라 할지라도 그녀가 제대로 입을 줄 모르는 그런 것이었다.

가장 충격적인 것은 불안과 고통에 찬 그녀의 눈이었다. 불안에 떨고 있지만 체념한 것 같은 눈길.

예를 들어, 그녀는 매그레를 쳐다보고 있었다. 매그레는 그녀가 두려움에 떨고 있다는 것을, 그럼에도 감히 반발하지 못한다는 것을 느꼈다. 약간 과장하자면, 마치 두들겨 맞을 것을 예상하는 사람 같았다.

영락없는 지방 소도시 아낙. 단 한 치도 어긋나지 않는! 그녀는 여차하면 눈물을 훔칠 것처럼 무의식적으로 손수건을 만지작거리고 있었다!

「결혼하신 지는 오래되셨습니까, 부인?」

그녀는 바로 대답하지 않았다! 질문 자체를 무서워했다. 모든 것이 그녀를 두려움에 떨게 했다!

「5년요!」 그녀가 마침내 생기 없는 목소리로 대답했다.

「그때 이미 베르주라크에서 살고 있었습니까?」

그녀는 또다시 한참 동안 매그레를 쳐다보았다. 그러고는 대답했다.

「알제리에 있었어요. 동생과 엄마하고.」

그는 차마 질문을 이어 갈 수가 없었다. 한마디 말이 그녀를 겁에 질리게 할 수 있다는 게 느껴졌으니까.

「리보 박사도 알제리에 거주했습니까?」

「알제 병원에서 2년 동안 근무했어요……」

그는 젊은 부인의 손을 관찰했다. 부르주아 차림새와는 완전히 조화를 이루지 못하는 손이었다. 느낌이 그랬다. 그 손은 밤낮 없이 일을 한 손이었다. 하지만 대화를 그쪽으로 끌고 가는 건 미묘한 문제였다.

「모친께서는……」

그는 질문을 마저 할 수 없었다. 창문과 마주하고 있던 그녀가 공포에 질린 표정으로 벌떡 일어섰기 때문이다. 그와 동시에 바깥에서 자동차 문을 쾅 닫는 소리가 들려왔다.

리보 박사가 자동차에서 내려 호텔로 달려 들어와서는 문을 미친 듯이 두드려 댔다.

「당신이 어떻게 여길?」

그는 매그레에게 눈길도 주지 않은 채 냉랭한 목소리로 자기 아내에게 이렇게 묻고 반장을 돌아보았다.

「이해할 수가 없군요……. 제 아내가 필요하셨습니까? 그랬다면 진작 말씀을 하실 수도……」

그녀가 고개를 숙였다. 매그레는 약간 놀란 표정으로 리보를 쳐다보았다.

「왜 그렇게 화를 내시오, 선생? 난 그냥 리보 부인과 인사를 나누고 싶었을 뿐이오. 불행하게도 내가 자유롭게 돌아다닐 수 없는 몸이라……」

「심문은 끝났습니까?」

「심문이 아니라 한가로운 대화였소. 선생이 들어왔을 때 우린 알제리 얘길 하고 있었소. 선생도 그 나라를 좋아하시오?」

매그레는 겉보기엔 평온해 보였지만 전혀 그렇질 않았다. 그는 천천히 말을 하면서 모든 에너지를 쏟아 앞에 있는 두 사람을 관찰했다. 금방이라도 울음을 터뜨릴 것처럼 보이는 리보 부인, 그리고 그 방에서 있었던 일의 흔적을 찾으려는 듯 주변을 훑어보는 리보. 그는 이해하고 싶어 했다.

그들 부부에겐 감춰진 뭔가가 있었다. 비정상적인 뭔가가.

하지만 어디에? 그리고 무엇이?

검사장에게도 뭔가 비정상적인 것이 있었다. 다만, 그모든 게 혼란스럽고 복잡하게 얽혀 있었다.

「말해 보시오, 선생, 부인은 치료하면서 알게 된 겁니까?」

리보가 아내 쪽으로 잽싸게 눈길을 던진 후에 대답했다.

「그건 전혀 중요하지 않다는 말씀을 드리고 싶군요. 허락하신다면, 집사람을 차에 태워 데려갈까 하는데……」

「그랬겠지…… 당연히 그랬겠지…….」

「뭐가요?」

「아……! 아무것도 아니오! 난 내가 크게 말하는 것조차 몰랐소……. 정말이지 이상한 사건이야! 이상하고 무시무시한. 안 그렇소, 선생? 파고들면 들수록 점점 더 끔찍하다는 생각이 드니 말이오. 근데, 선생 처제 말이오, 그 험한 일을 당해 놓고도 금방 냉정을 되찾더군요. 참 대단한 아가씨야!」

매그레는 리보가 불안에 사로잡혀 꼼짝 않고 자신이 뱉을 다음 말을 기다리는 것을 보았다. 리보는 매그레가 입으로 말하는 것보다 훨씬 더 많은 것을 알고 있다고 생각하지 않았을까?

매그레는 조금씩 앞으로 나아가고 있다고 느꼈다. 그런데 갑자기 모든 것이 뒤집혀 버렸다. 그가 쌓아 올린 이론들도, 호텔과 도시의 생활도.

그것은 한 군경이 자전거를 타고 광장에 도착하는 것으로 시작되었다. 그 군경은 줄지어 서 있는 집들을 우회해 검사장의 집으로 달려갔다. 바로 그 순간 전화벨이 울렸고, 매그레가 수화기를 들었다.

「여보세요, 여기 병원인데요, 리보 박사님 아직 거기 계십니까?」

박사가 신경질적으로 수화기를 건네받고는 크게 놀란

표정으로 듣고만 있다가 수화기를 내려놓았다. 충격이 컸는지 그는 한참 동안 멍하니 허공만 바라보았다.

「찾았답니다!」 그가 마침내 입을 열었다.

「누구를요?」

「범인! 적어도 시신을…… 물랭뇌프 숲에서…….」

리보 부인이 무슨 말인지 이해하지 못한 채 두 사람을 번갈아 쳐다보았다.

「저더러 부검을 해주겠느냐고 묻는군요. 하지만…….」

이번에는 그가 뭔가를 떠올렸는지 의심에 찬 눈으로 매그레를 빤히 쳐다보았다.

「당신이 공격을 당했을 때…… 그 일이 일어난 게 숲이었죠. 당신은 반격을 했고…… 적어도 총알 한 발을 발사했어요…….」

「난 쏘지 않았소.」

또 다른 생각이 떠올랐는지, 의사가 열에 들뜬 몸짓으로 손을 들어 이마를 쓸었다.

「범인은 며칠 전에 이미 사망했습니다. 그렇다면 어떻게 프랑수아즈가 오늘 아침에……?」

그러고는 돌아서며 아내에게 말했다.

「그만 갑시다…….」

그가 이끌자 아내는 순순히 따라나섰다. 잠시 후 박사는 아내를 자동차에 태웠다. 검사장은 택시를 부르기 위해 전화를 걸어야만 했다. 그러고는 마침 그의 집 맞은편에 도착한 택시가 있다며 기다리겠다고 했다. 소식을 갖고 온 군경이 다시 출발했다. 이제 도시를 사로잡고 있는 건 더 이상 아침의 호기심이 아니라 훨씬 뜨거운 열병이었다.

곧 호텔 사장을 포함해 모든 사람이 물랭뇌프로 달려갔고, 호텔에 남은 건 뙤약볕이 내리쬐는 광장을 향해 무거운 시선을 고정한 채 뻣뻣한 등을 침대에 대고 누워 있는 매그레뿐이었다.

「왜 그래요, 무슨 일 있었어요?」

「아무것도 아니오.」

호텔로 돌아온 매그레 부인은 남편의 옆모습밖에 보지 못했지만, 뭔가가 있다는 것을, 남편이 잔뜩 화가 나 있다는 것을 알아차렸다. 그녀가 그 원인을 짐작하는 데에는 많은 시간이 걸리지 않았다. 그녀는 침대 가로 가서 앉았고, 담배로 채워 주는 게 자신의 의무가 되어 버린 빈 파이프를 기계적으로 집어 들었다.

「기분 풀어요. 내가 본 걸 자세히 얘기해 줄게요……. 사람들이 시신을 발견했을 때 나도 거기 있었어요. 내가 다가가도 군경들이 내버려뒀어요…….」

매그레는 계속 바깥을 내다보고 있었다. 하지만 그녀

가 말을 하는 동안 그의 망막에 새겨진 것은 광장의 이미지와는 다른 이미지들이었다.

「숲이 비스듬하게 경사진 곳인데, 도로변에 참나무들이 서 있고…… 조금 더 가면 소나무 숲이 나와요. 구경꾼들이 몰려와서는 타고 온 차를 길모퉁이 갓길에 주차했어요. 이웃 마을에서 온 군경들이 범인을 포위하기 위해 숲을 우회했죠. 그러고는 천천히 앞으로 나아갔고, 물랭뇌프의 늙은 농부도 정식 신고된 권총을 들고 그들을 따라갔어요. 어느 누구도 감히 그에게 뭐라고 하진 못하더군요. 난 범인이 살아 그의 눈에 띄었다면 그가 쐈을 거라고 생각해요…….」

매그레는 숲을 떠올렸다. 바닥을 덮고 있는 솔잎, 그림자와 빛의 얼룩, 그리고 군경들의 제복.

「군경들과 나란히 달리던 한 꼬마가 비명을 지르며 어느 나무 발치에 널브러져 있는 형체를 가리켰어요.」

「에나멜 구두를 신었고?」

「맞아요! 손으로 짠 회색 모직 양말도 신고 있었고요. 당신이 해준 말이 기억나서 자세히 살펴봤죠.」

「나이는?」

「대략 쉰 살 정도. 정확히는 모르겠어요. 얼굴을 땅에 묻고 있어서……. 군경이 시신을 뒤집었을 땐 눈길을 돌리지 않을 수가 없었어요. 얼마나 끔찍하던지! 적어도 일주일은 된 것 같았어요. 어쨌거나 그를 아는 사람이 아무도 없다는 얘길 들었어요. 그러니까 이 고장 사람은 아니에요…….」

「부상은?」

「관자놀이에 커다란 구멍이……. 그리고 쓰러진 후에 죽어 가면서 흙을 깨물었던 모양이에요…….」

「그래서 지금은 뭣들 하고 있소?」

「구경꾼이 하도 많이 몰려와서 숲으로 들어가는 걸 막고 있어요. 내가 출발했을 때는 검사장과 리보 박사를 기다리고 있었고요. 그들이 도착하면 부검을 위해 시신을 병원으로 옮길 거랬어요…….」

광장은 매그레가 지금껏 봐온 중 가장 한산했다.

기껏해야 카페오레색 강아지 한 마리가 햇볕을 쬐고 있을 뿐.

시계가 천천히 정오를 알렸다. 인근 거리에 있는 인쇄소에서 몰려나온 남녀 직공들은 대부분 자전거를 타고 물랭뇌프로 달려갔다.

「복장은 어땠소?」

「온통 검은색에 일자형 외투 같은 걸 입고 있었어요…….
상태가 워낙 안 좋아 단정하긴 힘들어요.」

매그레 부인이 속이 울렁거리는지 심호흡을 했다. 그럼에도 이렇게 제안했다.

「다시 가볼까요……?」

매그레는 혼자 남아 있었다. 호텔 사장이 돌아오는 게 보였다. 호텔 사장이 인도에서 그에게 외쳤다.

「소식 들으셨어요? 전 손님들 점심 식사를 준비해야 해서 어쩔 수 없이……」

그리고 고요, 청명한 하늘, 뙤약볕이 내리쬐는 노란 광장, 텅 빈 집들.

그로부터 한 시간이 지난 후에야 가까운 길에서 사람들의 소리가 들려왔다. 군경이 시신을 병원으로 옮기고 있었고, 모든 사람이 그 뒤를 따랐다.

곧 호텔이 사람들로 채워졌고, 광장에 생기가 돌았다. 호텔 1층에서 잔들이 서로 부딪쳤다. 소심한 노크 소리가 들리더니 웃을까 말까 망설이며 르뒤크가 들어왔다.

「들어가도 되겠나?」

그는 침대 근처에 앉아 파이프에 불을 붙이고는 이렇게 말했다.

「다 끝났네!」

하지만 그는 매그레가 자기 쪽으로 돌아누웠을 때 빙긋이 웃는 얼굴을 보고, 특히 이렇게 말하는 것을 듣고 깜짝 놀랐다.

「그래서, 대만족인가?」

「그야…….」

「모두가! 박사! 검사장! 이곳 반장! 요컨대 모두가 파리에서 온 못된 경찰의 체면에 먹칠을 한 이 재미난 익살극에 킬킬대고 있어! 처음부터 끝까지 완전히 잘못 짚었다면서! 자기 머리가 아주 잘 돌아간다고 믿는 파리 경찰이 워낙 거드름을 피우는 통에 그들은 한순간 그의 말을 심각하게 받아들일 뻔했고, 몇 사람은 겁을 집어먹기까지 했지…….」

「하지만 자네도 인정을…….」

「내가 완전히 잘못 짚었다고?」

「어쨌거나 범인을 찾았잖아! 인상착의도 자네가 기차에 함께 타고 있었다고 했던 자와 일치하네. 중년에다가 옷차림도 나름대로 신경은 썼지만 허름한 편이고. 범인은 관자놀이에 총알을 맞았네. 시신의 상태로 판단해 볼 때 거의 갖다 대고 쏜 것 같아…….」

「그래!」

「뒤우르소 씨도 범인이 약 일주일 전에, 그러니까 자네를 공격한 직후에 자살을 한 것 같다는 경찰의 판단에 동의하고 있네.」

「근처에서 무기는 발견했나?」

「안 그래도 그 얘길 할 참이었네! 근처가 아니라 외투 주머니에서 총알이 딱 한 발 비는 권총을 찾아냈네.」

「물론 내 권총이겠군!」

「이곳 경찰이 그걸 밝히려고 애쓸 걸세. 범인이 자살했다면, 사건은 단순해져. 쫓긴다고 느낀 그가 곧 체포될 거라고 여기고는…….」

「그가 자살하지 않았다면?」

「그 경우에도 아주 그럴듯한 가설들이 있지. 야밤에 그에게 습격을 당한 어느 농부가 총을 쐈을 수도……. 그러고는 일이 복잡해지는 게 두려워 그냥 달아나 버렸을지도 몰라……. 시골 사람들은 충분히 그럴 수 있거든.」

「그럼 박사 처제가 공격당한 것은?」

「그 얘기도 나왔네. 어떤 못된 놈이 장난삼아 범행을 흉내 내 본 거라고 생각할 수도 있지…….」

「달리 말해, 사건을 빨리 끝내고 싶은 게로군!」 후광처럼 피어오르게 담배 연기를 훅 뿜어내며 매그레가 결론지었다.

「꼭 그렇지는 않아! 하지만 사건을 질질 끌 필요가 없는 건 분명하네. 더군다나…….」

매그레가 당황스러워하는 동료를 비웃으며 말했다.

「아직 기차표가 남아 있네! 그 기차표가 어떻게 범인의 주머니에서 호텔 당글르테르의 복도로 오게 됐는지 설명해야 할 거야…….」

진홍색 양탄자만 고집스레 쳐다보던 르뒤크가 불쑥

말했다.

「내가 충고 하나 할까?」

「모든 걸 그냥 덮어 두라는 거겠지! 가능한 한 빨리 건강을 회복해서 베르주라크를 떠나라는⋯⋯.」

「리보디에르에 와서 며칠 묵고 가게나, 우리끼리 얘기됐던 것처럼! 박사에게도 그 얘길 했더니, 조심만 한다면 지금 당장이라도 자네를 그곳으로 옮길 수 있을 거라고 하더군⋯⋯.」

「검사장은, 그는 뭐라고 하던가?」

「여기서 검사장이 왜 나오나?」

「모르긴 해도 필시 그도 거들었을 거야. 혹시 나에겐 아무런 권한도, 피해자의 권한 말고는 이 사건에 관여할 아무런 권한도 없다고 상기시키지 않던가?」

가엾은 르뒤크! 그는 좋은 사람으로 남고 싶어 했다! 모두를 배려하는 원만한 사람! 그런데 매그레는 인정사정없었다.

「인정해야 하네, 행정적으로는⋯⋯.」

말을 얼버무리던 르뒤크가 갑자기 작심한 듯 말했다.

「이것 보게, 이 친구야! 아무래도 솔직하게 털어놓는 게 낫겠어! 이곳에서 자네 평판이 그리 좋지 않은 건 확실하네. 특히 자네가 오늘 아침 얼토당토않은 일을 벌인 후로는 말이야. 검사장은 매주 목요일 도지사와 저녁 식사를 하네. 조금 전에 그가 그러더군. 자네가 파리에서 지침을 받게끔 도지사에게 자네 얘길 하겠다고 말이야. 특히 자네에게 영 불리한 게 한 가지 있어. 1백 프랑권 지폐 나눠 준 거……. 그들 말로는…….」

「내가 떠도는 소문을 까발리게 하층민을 부추긴다고 하던가?」

「자네가 그걸 어떻게 아나?」

「내가 당치도 않은 비방에 귀를 기울인다고, 요컨대 내가 사람들의 악의를 자극한다고 했겠지……. 에고!」

르뒤크는 입을 다물었다. 할 말이 없었으니까. 내심 그의 의견도 그랬으니까. 몇 분 후, 그가 조심스럽게 입을 열었다.

「자네가 정말 단서를 갖고 있다면야! 그 경우에는 나도 생각을 바꿔…….」

「단서 같은 건 없네! 아니 그보다는 단서가 너덧 개나 있어서 탈이지. 오늘 아침, 난 적어도 그중 두 개는 날 뭔가로 이끌어 줄 거라고 생각했네. 그런데 아니었지! 완전한 실패로 끝나고 말았어!」

「그것 보게! 게다가 실수를 하나 더 했지. 어쩌면 아주 심각할 수 있는 실수를. 왜냐하면 그로 인해 사나운 적이 하나 생겼으니까……. 박사의 아내에게 전화를 건 것 말일세! 박사가 워낙 질투심이 강해 그녀를 봤다고 으스댈 수 있는 사람이 거의 없는데 말이야! 그는 자기 아내가 집 밖으로 나가는 걸 거의 허락하지 않아.」

「하지만 그는 프랑수아즈하고도 그렇고 그런 사이잖아! 그러니까 한 여자만 질투하고 다른 여자한테는 그렇지 않은 모양이지?」

「그건 나랑은 상관없는 일이네. 프랑수아즈는 자유롭게 돌아다녀. 혼자 자동차를 몰고 다니기도 하지. 하지만 합법적인 부인의 경우는……. 어쨌거나 난 리보가 검사장에게 자네가 한 짓을 상당한 무례로 여긴다고, 여기로 득달같이 달려오면서 자네에게 예의를 가르쳐 주고 싶은 강한 욕구를 느꼈다고 말하는 걸 들었네…….」

「각오하고 있어야겠군!」

「그게 무슨 말인가?」

「하루에 세 번씩 상처를 들여다보고 붕대를 감아 주는 게 그잖나!」

매그레가 껄껄대고 웃었다. 하지만 웃음이 너무 호탕하고 요란해 오히려 진정성이 없어 보였다.

그는 우스꽝스러운 상황에 처했으면서도 물러서기에는 너무 늦었다 싶어 계속 밀고 나가는, 하지만 그 상황에서 어떻게 벗어나야 할지는 전혀 모르는 사람처럼 웃어 댔다.

「점심 식사 하러 안 가나? 아까 자네가 거위 고기 조림 운운하는 걸 들은 것 같은데…….」

그러고는 또다시 웃어 댔다! 즐겨야 할 아주 흥미진진한 승부가 있었다! 숲, 병원, 물랭뇌프 농장, 박사의 집, 그리고 아마도 커튼이 드리워져 있을 검사장의 근엄한 집, 그러니까 사방을 돌아다니며 해야 할 일이 있었다. 그리고 맛봐야 할 거위 고기 조림과 송로, 한 번도 구경해 본 적이 없는 도시 전체가 있었다!

그런데 그는 침대에, 창문에 매여 있었다. 몸을 약간이라도 과하게 움직일라치면 격렬한 통증이 밀려와 비명이라도 지르고 싶을 정도였다. 왼팔을 사용할 수 없었기 때문에 파이프 담배도 누군가가 채워 주어야 했다. 그래서 매그레 부인은 그 기회를 이용해 그에게 담배를 줄이도록 종용했다.

「내 집에 와줄 텐가?」

「이번 일이 끝나면. 약속하지.」

「이제 미치광이는 없다니까!」

「그걸 어떻게 아나? 가서 점심이나 먹게! 내 의도가 뭐냐고 누가 물으면, 자넨 아무것도 모른다고 대답하게! 자 이제, 작업 시작!」

그는 마치 태산같이 쌓여 있는 일과 마주하고 있는 것처럼, 반죽해야 할 밀가루나 갈아엎어야 할 땅이 사방에 널려 있는 것처럼 말했다.

실제로 그에게는 파헤쳐야 할 많은 것이 있었다. 혼란

스럽고 복잡하게 얽혀 있는 더미가.

하지만 그것은 비물질적인 것들이었다. 그의 망막을 떠도는 흐릿한 얼굴들, 검사장의 부루퉁하고 거만한 얼굴, 박사의 불안에 찬 얼굴, 알제의 병원에서 치료를 받았던 — 무슨 병이었을까? — 잔뜩 구겨진 박사 아내의 가엾은 얼굴, 활기차고 지나칠 정도로 단호한 프랑수아즈의 실루엣……. 그리고 매일 밤 꿈을 꿔 약혼자를 절망에 빠뜨린 로잘리……. 근데 그들은 이미 같이 잤을까? 게다가 검사장을 힐끗힐끗 쳐다보던 그들의 눈길……. 그냥 묻혀 버릴 수도 있었을 것들! 르뒤크와 요리사의 조카……. 그건 너무나 위험했다! 이미 아내를 셋이나 둔 호텔 사장……. 하지만 그는 아내 스무 명은 족히 죽일 기질을 갖고 있었다!

프랑수아즈는 왜……?

박사는 왜……?

그 비밀쟁이 르뒤크는 왜……?

왜? 왜? 왜?

그들은 왜 매그레를 리보디에르로 보내 버리고 싶어 하는 걸까?

그는 마지막으로 뚱뚱한 남자의 기름진 웃음을 터뜨렸다. 15분 후 아내가 돌아왔을 땐 입을 벌린 채 쿨쿨 자고 있었다.

6
바다표범

매그레는 사람의 진을 빼놓는 묘한 꿈을 꾸었다. 꿈의 무대는 바닷가였다. 날이 지나치게 더웠고, 썰물로 드러난 모래는 무르익은 밀의 적갈색을 띠고 있었다. 바다보다 모래가 더 많았다. 바다는 아주 멀리 어딘가에 존재했다. 하지만 저 멀리 수평선까지 보이는 거라곤 모래톱 사이에 듬성듬성 있는 작은 늪들뿐이었다.

매그레는 바다표범이었을까? 정확하게 말해 아마 그렇지는 않았을 것이다! 하지만 정확하게 말해 고래 역시 아니었다! 아주 뚱뚱하고 둥근, 번들거리는 검은색의 짐승이었다.

그는 찌는 듯이 더운 그 광활한 공간에 홀로 있었다. 그는 무슨 수를 써서라도 그곳을 벗어나야 한다는 것을, 마침내 자유롭게 움직일 수 있는 바다를 향해 가야 한다는 것을 깨달았다.

그런데 움직일 수가 없었다. 그에게는 바다표범처럼 퇴화된 날개 같은 것이 달려 있었지만, 그것을 사용하는 법을 알지 못했다. 그것은 아주 뻣뻣했다. 일어나 보려고 애를 써봐도 매번 등을 따갑게 하는 뜨거운 모래 위로 다시 무겁게 쓰러지고 말았다.

어떻게든 바다까지 가야만 했다! 안 그러면 움직일 때마다 움푹 파이는 그 모래 속에 파묻히고 말 터였다.

도대체 그는 왜 그토록 뻣뻣한 걸까? 사냥꾼이 그에게 부상을 입힌 것일까? 전혀 기억이 나질 않았다. 그는 제자리에서 빙빙 돌고 있었다. 그는 땀을 뻘뻘 흘리는, 아주 딱해 보이는 검은색의 커다란 덩어리였다.

마침내 눈을 떴을 때, 매그레는 이미 환한 직사각형 창문과 탁자 앞에 앉아 그를 바라보며 아침 식사를 하고 있는 아내를 보았다.

그런데 그 첫 눈길에서 벌써 뭔가가 있다는 것을 알아차렸다. 그것은 그가 잘 알고 있는 눈길, 약간의 불안과 진한 모성애가 묻어나는 너무나 심각한 눈길이었다.

「많이 아팠어요?」

그가 받은 두 번째 느낌은 머리가 무겁다는 것이었다.

「그건 왜 물어요?」

「당신, 밤새 뒤척였어요. 여러 번 신음 소리를 내기도 했고…….」

그녀가 일어나 다가오더니 그에게 입을 맞춰 주었다.

「안색이 안 좋아요! 악몽에 시달린 게 분명해요…….」

그가 바다표범을 기억해 낸 건 바로 그때였다. 은근한 불안과 웃고 싶은 욕구가 동시에 밀려왔다. 하지만 그는 웃지 않았다! 모든 게 연결되었다. 매그레 부인은 침대가에 앉아 그의 심기를 건드릴까 봐 두려운 듯 아주 부드럽게 말을 했다.

「결정을 내려야 할 것 같아요.」

「결정?」

「어제저녁에 르뒤크와 얘길 나눴어요. 푹 쉬고 빨리 회복하려면 그분 집으로 가는 편이 나을 것 같아요.」

그녀는 감히 그를 정면으로 쳐다보지 못했다! 그는 그모든 걸 잘 알고 있었다. 그래서 나지막이 말했다.

「당신도?」

「나도라니요?」

「당신도 내가 잘못 짚었다고 생각하지, 안 그래요? 당신은 내가 성공하지 못할 거라고 확신하고 있어. 그리고…….」

그것만으로도 매그레의 관자놀이와 입술 위에 땀방울이 맺혔다.

「진정해요! 박사가 곧 올 거예요…….」

아닌 게 아니라 그가 올 시각이었다. 매그레는 전날 험

악한 분위기를 연출한 뒤로는 박사를 보지 못했다. 곧 그와 대면해야 한다는 데 생각이 이르자, 다른 관심사들은 나중으로 미뤄졌다.

「박사와 둘만 있게 해줘요.」

「르뒤크의 집으로 갈 거예요?」

「우린 안 갈 거요. 그의 자동차가 멈춰 서는군…… 당신은 나가 있어요……」

평소 리보 박사는 계단을 세 칸씩 성큼성큼 걸어 올라왔다. 그런데 그날 아침에는 보다 품위 있게 올라오더니, 방을 나서는 매그레 부인에게 살짝 인사를 하고는, 말 한마디 없이 침대 탁자 위에 가방을 내려놓았다.

아침 왕진은 늘 같은 방식으로 진행되었다. 매그레가 입에 체온계를 물고 있는 동안, 의사는 붕대를 벗겨 냈다.

그날도 이전 날들과 다름이 없었다. 바로 그 자세에서 두 사람의 대화가 시작되었다. 의사가 먼저 입을 열었다.

「물론, 저는 환자에 대한 제 의무를 끝까지 다할 겁니다. 다만 지금부터는 우리의 관계가 오로지 그것에만 국한되어야 한다는 점을 양지해 주시기 바랍니다. 반장님의 수사가 전혀 공식적인 것이 아닌 만큼, 반장님이 제 가족 구성원들을 불안하게 하는 것은 용납하지 않겠습니다. 그 점 명심해 주십시오.」

미리 준비해 온 경고 같은 느낌이 들었다. 매그레는 잠

자코 있었다. 그는 웃통을 벗은 채였다. 의사가 그의 입에서 체온계를 뺐고, 매그레는 그가 이렇게 중얼거리는 것을 들었다.

「여전히 38도!」

아직 열이 제법 있었다. 매그레도 그것을 알고 있었다. 박사가 눈길이 마주치는 걸 피하며 눈썹을 찡그린 채 말이 이었다.

「어제 일만 없었다면 저도 의사로서 반장님께 조용한 곳에 가서 푹 쉬면서 건강을 회복하는 게 최선이라고 말씀드렸을 겁니다. 하지만 지금은 그 충고가 달리 해석될 수 있을 것 같군요…… 아프십니까?」

왜냐하면 그가 말을 하면서 아직 완전히 아물지 않은 상처를 헤집었으니까.

「아뇨……. 하던 얘기나 계속해 보시오…….」

하지만 리보는 더 이상 말이 없었다. 진료의 마무리는 침묵 속에서 이루어졌다. 의사는 가방을 정리하고 손을 씻으면서도 침묵을 유지했다. 그는 방을 나서는 순간에야 다시 매그레를 정면으로 쳐다보았다.

그것은 의사의 눈길이었을까? 아니면 프랑수아즈의 형부, 묘한 리보 부인 남편의 눈길이었을까?

어쨌거나 그것은 불안이 물씬 묻어나는 눈길이었다. 방을 나서기 전에 박사는 뭐라고 말을 할 뻔했다. 하지만 결국 입을 다무는 쪽을 택했고, 층계로 나갔을 때에야 그가 매그레 부인과 소곤거리는 소리가 들려왔다.

무엇보다 심각한 것은 이제 매그레가 꿈에서 본 모든 것을 기억해 냈다는 사실이었다. 그리고 그는 다른 경고들을 느끼고 있었다. 조금 전, 전혀 내색하지 않았지만 치료는 전날보다 훨씬 더 고통스러웠다. 그것은 나쁜 신호였다. 떨어지지 않는 열 역시 나쁜 신호였다!

그가 침대 탁자에 놓여 있는 파이프를 집었다가 밀쳐 버릴 정도로.

그의 아내가 한숨을 쉬며 들어왔다.

「박사가 뭐래?」

「아무 말도 안 하려 들어서 내가 꼬치꼬치 물어봤어요! 당신에게 절대적인 안정을 권한 것 같던데……」

「공식 수사는 진전이 좀 있소?」

매그레 부인이 체념한 표정으로 앉았다. 하지만 모든 것이 그녀가 남편에게 동의하지 않는다는 것을, 그의 고집, 그의 자신감에 공감하지 않는다는 것을 분명하게 말해 주고 있었다.

「부검은?」

「몇 시간의 오차가 있을 수 있겠지만, 그자는 당신을 공격한 직후에 사망한 것으로 보여요.」

「무기는 아직 못 찾았고?」

「전혀! 시신 사진이 오늘 아침 모든 신문에 실렸어요. 그를 아는 사람이 아무도 안 나타나서요. 심지어 파리 신문들에도 실렸어요.」

「보여 줘요……」

매그레는 신문을 펼쳐 들며 묘한 감동을 느꼈다. 그는 사진을 바라보며 자신이 그자를 아는 유일한 사람인 것 같은 기분이 들었다.

사실 매그레는 그를 제대로 보지 못했다. 하지만 그들은 하룻밤을 함께 보냈다. 그는 그 여행 동료가 잠을 못 이뤄 뒤척이고, 한숨을 내쉬고, 갑자기 억눌린 울음 같은 걸 터뜨린 사실을 기억했다…….

그리고 허공에 매달려 있던 두 다리, 에나멜 구두, 손으로 짠 양말…….

당국에서 신원 확인을 용이하게 하기 위해 살아 있을 때의 모습을 재현하려고 애쓴 모든 시신의 사진들이 그렇듯, 사진은 몹시 참혹했다.

생기 없는 얼굴. 흐릿한 눈길. 매그레는 회색 수염으로 뒤덮인 그의 뺨을 보고도 놀라지 않았다.

기차간 안에서부터 벌써 그는 왜 그렇게 생각했을까? 그는 회색 수염을 기르지 않은 그 여행 동료를 상상해 본 적이 없었다!

사진 속 인물 역시 수염을 기르고 있었다. 아니 그보다는 얼굴 전체가 3센티미터쯤 되는 털로 뒤덮여 있었다.

「사실상 이번 사건은 당신과 상관이 없어요!」

매그레 부인이 또다시 시도했다. 부드럽게, 미안하지만 어쩔 수 없다는 듯이. 그녀는 매그레의 건강 상태에 대해 가슴 아파했다. 그녀는 중병에 걸린 사람을 바라보는 눈길로 그를 바라보았다.

「어제저녁에 식당에서 사람들이 주고받는 얘기를 들어 봤어요. 다들 당신을 욕하고 있어요. 아무나 붙들고 물어봐요. 아는 걸 말해 주는 사람이 아무도 없을 테니. 이런 조건에서는…….」

「종이하고 펜 좀 갖고 오겠소?」

그는 알제 경찰청에서 근무하는 옛 동료에게 보내는 전보를 아내에게 받아쓰게 했다.

5년 전 알제 병원에서 근무한 리보 박사와 관련된 모든 정보를 급히 베르주라크로 보내 주기 바람. 미리 감사. 우정을 담아. 매그레.

아내의 표정이 많은 것을 말하고 있었다. 받아쓰긴 했지만, 그녀는 이 수사가 뭔가에 이를 거라고 믿지 않았다. 그녀에겐 믿음이 없었다.

매그레도 그것을 느꼈다. 그래서 화가 치밀었다. 그런

회의적인 태도를 다른 사람들에게는 허락하겠지만, 아내에게서 발견하는 것은 도저히 참을 수 없는 일이었다! 그래서 버럭 화를 내며 날카롭게 쏘아붙였다.

「됐소! 전문을 수정할 필요도, 당신 의견을 내놓을 필요도 없어요! 그대로 발송해요! 당신은 수사에 진전이 있는지나 알아봐요, 나머진 내가 알아서 할 테니!」

그녀는 화해를 청하는 눈빛으로 남편을 바라보았다. 하지만 그는 이미 화가 많이 난 상태였다.

「부탁인데 앞으로는 의견이 있어도 그냥 입을 다물었으면 좋겠소! 달리 말해, 박사나 르뒤크, 쥐뿔도 모르는 어느 누구에게도 당신 속내를 드러내 보일 필요가 없다는 말이오!」

그는 반대편으로 돌아누웠다. 그 움직임이 너무나 둔하고 서툴러 꿈에 나왔던 바다표범을 떠올리게 했다.

그는 왼손으로 써 내려갔다. 그래서 글자들이 평소보다 훨씬 굵었다. 자세가 불편했기 때문에 씩씩대며 숨을 몰아쉬었다. 꼬마 둘이 창문 바로 아래에서 구슬치기를 하며 놀고 있었다. 그는 여러 차례 조용히 하라고 고함을 칠 뻔했다.

첫 번째 범죄: 물랭뇌프 농장주의 며느리가 길에서

공격당함. 목이 졸리고, 가슴에 찔러 넣은 침이 심장에 박힘.

그가 한숨을 쉬고는 여백에 기록했다.

(정확한 시각, 장소, 희생자의 완력은 어느 정도?)

그는 아무것도 알지 못했다! 평소의 수사에서 그런 세세한 사항들을 알아내는 것쯤은 식은 죽 먹기였다. 하지만 지금은 태산을 옮기는 일만큼이나 어려웠다.

두 번째 범죄: 역장 딸이 공격당함. 목이 졸리고, 침으로 심장을 관통당함.

세 번째 범죄(미수): 로잘리가 뒤에서 공격을 당하지만 완강한 저항으로 범인을 도주하게 만듦.

(약혼자의 증언에 따르면, 그녀는 매일 밤 꿈을 꾸고 소설을 즐겨 읽음.)

네 번째 범죄: 운행 중인 기차에서 뛰어내려 내가 추적한 남자가 나에게 총을 쏘아 어깨에 부상을 입힘. 나머지 세 사건처럼 그 사건 역시 물랭뇌프 숲에서 일어났다는 점에 주목할 것.

다섯 번째 범죄: 그 남자가 같은 숲에서 관자놀이에

총을 맞고 사망함.

여섯 번째 범죄(?): 프랑수아즈가 같은 숲에서 공격당하지만 범인을 달아나게 만듦.

그가 종이를 마구 구기더니 어깨를 으쓱하며 던져 버렸다. 그러고는 다른 종이를 집어 휘갈기듯 써 내려갔다.

뒤우르소: 미치광이?

리보: 미치광이?

프랑수아즈: 미치광이?

리보 부인: 미치광이?

로잘리: 미치광이?

현지 경찰 반장: 미치광이?

호텔 사장: 미치광이?

르뒤크: 미치광이?

에나멜 구두를 신은 무명인: 미치광이?

근데 이 이야기에 미치광이가 왜 필요했을까? 매그레는 갑자기 이마를 찡그리며 베르주라크에서 보낸 최초의 몇 시간을 떠올렸다.

나에게 광기 운운했던 게 누구였지? 두 범죄를 저지른 게 미치광이일 수밖에 없다고 암시했던 게 누구였지?

리보 박사!

그리고 곧바로 박사의 손을 들어 준 게, 공식 수사를 그쪽으로 몰고 간 게 누구였지?

뒤우르소 검사장!

모두가 미치광이를 찾지 않았다면? 아주 단순하게 연쇄적으로 일어난 사건의 고리를 설명해 주는 논리적 해답을 찾았다면?

예를 들어, 심장에 박힌 침 이야기의 유일한 목적은 가학적인 정신병자가 범행을 저질렀다고 믿도록 만드는 게 아니었을까?

매그레는 또 다른 종이에 〈의문들〉이라는 제목을 썼다. 그리고는 수업 시간에 딴짓하는 학생처럼 글자들을 장식해 가며 깊은 생각에 빠져들었다.

1. 로잘리는 정말 공격을 당한 것일까, 아니면 그랬다고 상상한 것일까?

2. 프랑수아즈는 정말 공격을 당했을까?

3. 공격을 당했다면, 범인은 첫 두 여자를 살해한 자와 동일인일까?

4. 회색 양말을 신은 사내가 그 살인자일까?

5. 살인자를 죽인 살인자는 누굴까?

매그레 부인이 들어와 침대 쪽을 힐끗 쳐다보고는 방 안쪽으로 들어가 모자와 망토를 벗고 마침내 남편 곁에 와서 앉았다.

그녀는 기계적인 동작으로 종이와 연필을 집고는 한숨을 내쉬었다.

「받아 적을 테니 읊어 봐요!」

매그레는 잠시 그 태도를 도전으로, 욕설로 간주하고 또다시 부부 싸움을 벌이고 싶은 욕망과 화해를 하고 아내에게 다정하게 대해 주고 싶은 욕구 사이에서 망설였다.

그와 같은 상황이면 늘 그러듯, 매그레는 많이 삐친 것처럼 서툴게 고개를 돌렸다. 그녀는 그가 이미 써놓은 것을 눈으로 읽어 내려갔다.

「감이 좀 잡혀요?」

「전혀!」

그가 폭발했다! 아니, 그는 전혀 감을 못 잡고 있었다! 아니, 그는 복잡할 대로 복잡한 이 이야기에서 완전히 길을 잃고 있었다! 그래서 미친 듯이 화가 났다! 그는 의기소침해지기 직전이었다. 다 때려치우고 아직 남아 있는 며칠의 휴가를 르뒤크의 아담한 시골집에서 마음을 가라앉혀 주는 농장의 소음들, 가금과 암소와 말들 냄새에 파묻혀 푹 쉬며 보내고 싶었다.

하지만 그는 물러서고 싶지 않았다! 충고도 원치 않았다!

그녀도 마침내 이해했을까? 멍청하게도 쉬라고 그의 등을 떠미는 대신 진심으로 그를 도와줄까?

뿌옇게 흐려진 그의 눈동자가 묻는 건 바로 이것이었다. 그리고 그녀는 좀처럼 사용하지 않는 말로 대답했다.

「내 가엾은 매그레!」

왜냐하면 그녀는 특별한 상황에서만, 그가 집안을 다스리는 남자, 주인, 힘, 그리고 지성임을 인정할 때만 그를 매그레라고 불렀으니까! 어쩌면 그녀도 이번에는 그를 그렇게 부르면서 크게 확신이 없었는지도 몰랐다. 하지만 격려가 필요한 어린아이처럼 그가 그녀의 대답을 기다리고 있지 않은가?

됐다! 이제 그것은 지나갔다!

「베개 하나 더 받쳐 주겠소?」

버럭 화를 냈다가는 곧 마음이 짠해 다독거려 주는 애들 짓거리는 끝이었다.

「파이프에 담배도 채워 주고!」

창문 아래에서 놀던 꼬마 둘이 싸우기 시작했다. 그중 하나가 따귀를 얻어맞고는 나지막한 집으로 쪼르르 달려 가더니 울음을 터뜨리며 엄마에게 일러바쳤다.

「먼저 작업 계획을 세워야 해요. 마치 우리가 새로운

정보를 더 이상 받아들여서는 안 되는 것처럼 하는 게 최선이오! 달리 말해, 우리가 이미 아는 것에 기초해서 모든 가설을 시험해 보는 거요, 그중 하나에서 모든 게 딱 들어맞는 소리가 날 때까지……」

「오다가 르뒤크를 만났어요.」

「그가 말을 걸었소?」

「물론이죠!」 매그레 부인이 웃으며 말했다. 「검사장 집에서 나오는 것 같던데, 또다시 당신을 설득해서 베르주라크를 떠나 자기 집에 와서 묵게 해야 한다고 강조했어요.」

「저런! 저런!」

「난감한 상황에 처한 사람처럼 말이 어찌나 많던지!」

「시체 공시소에 가서 시신은 다시 살펴봤소?」

「시체 공시소가 없어서 시신을 유치장에 옮겨 놨더라고요. 문 앞에 50명이나 줄을 서 있어서 내 차례를 기다렸어요.」

「양말을 봤소?」

「좋은 모직 양말이었어요. 손으로 짠.」

「잘 꾸려진 삶을 살거나, 적어도 돌봐 주는 아내나 누이, 딸이 있는 남자라는 뜻이군. 아니면 유랑자거나! 왜냐하면 양갓집 규수들이 수녀원 작업실에서 짠 양말을 유랑자들에게 선물하거든.」

「하지만 유랑자들이 침대차를 타고 여행하진 않죠.」

「일반적으로 서민들도 안 타. 말단 회사원들은 더더욱 그렇고. 적어도 프랑스에서는. 침대차를 탄 것으로 보아 장거리 여행을 하는 데 익숙한 자야. 구두는⋯⋯?」

「상표가 있는 거였어요. 똑같은 구두를 파는 지점이 프랑스에 일이백 개는 족히 될 거예요.」

「복장은?」

「아주 낡은 검은색 정장. 하지만 고급 천에 맞춤 양복이었어요. 외투와 마찬가지로 적어도 3년은 입었을 거예요.」

「모자는?」

「모자는 못 찾았대요. 아마 바람에 날려 갔나 봐요.」

매그레는 머릿속을 더듬어 봤지만 기차에 탔던 사내의 모자는 기억해 내지 못했다.

「눈에 띄는 다른 건 없었소?」

「셔츠 옷깃과 소매를 기웠더군요. 제법 깔끔한 솜씨였어요.」

「돌봐 주는 여자가 있었던 모양이로군. 주머니에 지갑이나 신분증, 자잘한 물건들은 없었고?」

「상아로 된 아주 짧은 궐련용 물부리밖에 없었어요.」

부부는 호흡이 척척 맞는 협력자처럼 둘 다 간략하고 자연스럽게 말을 했다. 서로 신경을 곤두세우고 여러 시간을 보낸 후에 모처럼 찾아온 긴장 완화였다. 매그레는 파이프 담배를 뻑뻑 빨아 댔다.

「저기 르뒤크가 오는군!」

광장을 가로지르는 르뒤크가 보였다. 평소보다 훨씬 허둥대는 것 같았고, 밀짚모자는 뒤로 약간 젖혀져 있었다. 그가 층계참에 도착할 즈음 매그레 부인이 문을 열어 주러 갔다. 그는 그녀에게 인사하는 것도 잊었다.

「검사장 집에서 오는 길일세.」

「알고 있네.」

「그래…… 부인한테 들었겠군……. 오는 길에 소식이 확실한 건지 확인하려고 이곳 경찰 반장한테도 들렀다네. 상상을 초월하는, 그야말로 놀라 자빠질 소식일세.」

「말해 보게.」

르뒤크가 땀부터 닦고는 무의식적으로 매그레 앞에 놓인 레모네이드 잔을 집어 벌컥벌컥 들이켰다.

「이런, 나도 모르게…… 괜찮지? 살다 살다 이런 일은 처음이라……. 당연히 경찰은 시신의 지문을 떠서 파리로 보냈네! 그 답변이 막 도착했어. ……그런데!」

「그런데?」

「지문의 주인이 몇 년 전에 이미 사망한 사람이라는 거야!」

「뭐라고?」

「그 시신이 공식적으로는 몇 년 전부터 이미 시신이었다는 말일세. 알제에서 사형 선고를 받은, 사무엘이라는 이름으로 알려진 마이어라는 자일세……..」

매그레가 팔꿈치를 짚고 벌떡 몸을 일으켰다.

「처형당했나?」

「아니! 처형되기 며칠 전에 병원에서 사망했대!」

매그레 부인은 환하게 밝아진 남편의 얼굴을 보고 살짝 비웃는 듯한, 하지만 애정이 듬뿍 어린 미소를 띠지 않을 수 없었다.

그 미소를 본 그도 하마터면 미소로 답할 뻔했다. 하지만 위신이 우선이었다. 그는 서둘러 심각한 표정을 지었다.

「그 사무엘이란 자, 무슨 짓을 저질렀기에 사형 선고를 받았나?」

「파리에서 보내 온 답장에는 안 나와 있네. 우선 숫자로 된 전보만 도착했거든. 오늘 저녁쯤이면 그의 파일 사본을 받아 볼 수 있을걸세. 내가 잘못 알고 있는 게 아니라면, 베르티용[4]이 자기 입으로 두 사람의 지문이 일치할 확률이 10만 분의 1 정도는 된다고 인정한 것을 잊어서는 안 되네. 이번이 그 예외적인 경우의 하나일지도 몰라…….」

「검사장은 머리를 쥐어뜯고 있고?」

4 Alphonse Bertillon(1853~1914). 프랑스의 경찰로 19세기 말, 범죄자들의 인체 측정법을 창안했다.

「물론이지, 난감하게 됐으니까. 지금은 기동 수사대에 도움을 요청하겠다고 말하고 있네. 하지만 한편으론 수사관들이 자네한테 와서 지시를 받는 상황이 발생할까 봐 두려워하고 있어. 나한테 기동 수사대에서 자네 영향력이 큰지 물어보더군.」

「파이프 좀 채워 줘요!」 매그레가 아내에게 말했다.

「벌써 세 대째예요!」

「상관없어요! 단언하건대, 지금 내 체온 재면 37도도 채 안 될 거야! 사무엘! 고무 끈으로 묶는 구두! 사무엘은 유대인이야. 일반적으로 유대인들은 민감한 발을 갖고 있지. 그리고 가족을 끔찍하게 아껴. 손으로 짠 양말을 봐. 그리고 절약 정신이 투철해. 그 사람 정장, 3년은 족히 입었는데도 해지지 않았어…….」

그가 말을 중단했다.

「농담이야, 농담! 하지만 난 이제 두 사람에게 진실을 말할 수 있어! 난 막 아주 기분이 더러운 몇 시간을 보냈어! 그 꿈을 떠올리기만 해도……. 이젠 적어도 그 바다표범이 — 그 바다표범이 고래가 아닌 한! — 움직이기 시작했어. 그 녀석이 뒤뚱뒤뚱 자기 길을 가는 걸 두 사람은 보게 될 거야.」

그러고는 웃음을 터뜨렸다. 르뒤크가 불안한 눈길로 매그레 부인을 쳐다봤으니까.

7

사무엘

저녁 무렵, 의사가 방문하기 몇 분 전, 두 가지 소식이 거의 동시에 도착했다.

우선 알제에서 날아든 전보.

각 병원에 문의 결과 리보 박사로 알려진 인물 없음. 우정을 담아. 마르탱.

매그레가 전보에 두른 띠를 뜯어내자마자 르뒤크가 들어왔지만 전보 내용에 대해 감히 물어보진 못했다.

「읽어 보게!」

르뒤크는 눈으로 전보를 훑고는 고개를 끄덕이며 한숨을 내쉬었다.

「이럴 것 같더라니까!」

그의 몸짓과 말은 이런 뜻이었다. 〈이번 사건에서는 간

단명료한 것과 마주치길 기대해서는 안 된다니까! 정반대로 우린 한 걸음 내디딜 때마다 새로운 장애를 만나게 될 걸세! 그러게 내가 리보디에르로 가서 푹 쉬는 게 최선이라고 했잖은가.〉

매그레 부인은 외출 중이었다. 날이 어둑어둑했지만 매그레는 불 켤 생각을 하지 않았다. 광장의 가로등들이 켜졌다. 매그레는 그 시각에 일정한 간격을 두고 화환 모양으로 이어지는 그 불빛들을 바라보길 좋아했다. 가장 먼저 불이 켜질 곳이 자동차 정비소 왼쪽 집 2층이라는 것을 그는 알고 있었다. 이제 곧 등불 아래 늘 일거리를 놓고 씨름을 하는 여자 재단사의 그림자가 보일 터였다.

「경찰에도 새로운 정보가 접수됐네!」 르뒤크가 웅얼거렸다.

그는 어색해했다. 무엇보다 새 정보를 귀띔해 주러 뽀르르 달려온 것처럼 보이고 싶지 않은 것 같았다. 어쩌면 경찰에서 공식 수사의 결과를 매그레에게는 알려 주지 말라고 그에게 요구했는지도 몰랐다.

「사무엘에 관한 정보!」

「그렇다네! 우선 이곳 경찰이 그의 파일을 받았고, 그 다음에는 예전에 사무엘 관련 사건을 맡은 적이 있는 뤼카 형사가 전화를 걸어 세세한 사항들을 알려 줬네.」

「어서 얘기해 보게!」

「사무엘이 어디 출신인지 정확히는 모르네. 하지만 그가 폴란드나 유고슬라비아에서 태어났다고 봐도 무방할 몇 가지 이유들이 있어. 어쨌거나 그 어딘가라고 봐야겠지! 자기 사업에 관해서는 사람들에게 좀처럼 떠벌리지 않는 과묵한 작자였어. 알제에 사무실을 하나 갖고 있었는데, 무슨 사무실이었는지 어디 한번 알아맞혀 보게.」

「확신하건대, 떳떳하지 못한 특수 직종!」

「우표 매매!」

매그레의 표정에 환하게 밝아졌다. 기차의 사내에게 딱 들어맞는 직종이었으니까.

「자네도 짐작하겠지만, 우표 매매 뒤에 다른 걸 감추고 있었네! 일 처리가 치밀해서 경찰은 아무것도 알아차리지 못했고, 그자가 살인을 저지른 다음에야……. 난 뤼카 형사가 전화로 말해 준 걸 대강 정리하는 거네. 문제의 사무실은 가짜 여권, 특히 가짜 취업 증명서를 대량으로 위조해 내는 곳이었어. 사무엘은 바르샤바, 빌뉴스, 슐레지엔, 콘스탄티노플 등지에 조직원을 두고 있었네…….」

이제 하늘은 완전히 암청색으로 변해 있었다. 집들이 조가비 빛을 띤 흰색으로 더 또렷하게 보였다. 아페리티프 시간이면 으레 그렇듯, 아래층에서 사람들이 웅성거리는 소리가 들려왔다.

「거참 신기하군!」 매그레가 말했다.

그가 신기하게 여긴 것은 사무엘의 직업이 아니었다. 그는 예전에 바르샤바와 알제를 연결해 주던 끈이 베르주라크까지 이어지는 게 신기했다!

특히 극히 국지적인 사건, 소도시에서 일어난 범죄에서 출발해 국제 범죄 조직에 이르게 되는 것이.

그는 파리나 다른 곳에서 사무엘 같은 사람들을 수백 명도 넘게 조사해 봤다. 그럴 때마다 완전히 혐오감이라고는 할 수 없는 어떤 당혹감이 뒤섞인 호기심을 느꼈다. 마치 그들이 보통 인간과는 다른 종이라도 되는 것처럼.

스칸디나비아의 술집 주인, 아메리카의 갱스터, 네덜란드 등지의 도박장 주인, 독일의 호텔 급사장이나 극장 지배인, 북아프리카의 도매상인 같은 사람들 말이다.

그런데 거기, 베르주라크의 더없이 평화로운 광장을 앞에 두고 소름이 끼칠 정도로 비극적인 운명을 겪은 한 인종을 떠올리게 되다니!

부다페스트에서 오데사, 탈린에서 베오그라드까지, 중부와 동부 유럽은 머잖아 세계 각지로 퍼져 나갈 한 인종으로 바글거렸다…….

굶주린 수십만 명의 유대인이 매년 사방으로 퍼져 나갔다. 이주민으로 가득한 여객선 선창, 야간열차, 품에 안긴 아이, 질질 끌려다니는 노부모, 체념한 얼굴로 국경에 세워진 말뚝을 따라 걸어가는 사람들…….

시카고에는 미국인보다 폴란드인의 수가 더 많다……. 끝없이 밀려오는 그들을 흡수한 프랑스에서도, 마을마다 주민들이 출생이나 사망 신고를 하러 오면 관공서 직원들이 성의 철자를 일일이 확인해야 한다.

그들 중에는 정식 신분증을 가지고 공식적으로 망명하는 이들도 있지만, 자기 차례를 기다릴 인내심이 없거나 비자를 받을 수 없는 이들도 있다. 그 경우에 사무엘 같은 자들이 개입한다! 그들은 둥지를 틀 수 있는 모든 마을, 모든 목적지, 모든 국경 역, 모든 영사관의 소인과 공무원들의 서명을 알고 있다.

그들은 열 가지 언어, 열 가지 방언을 말할 줄 안다…….

그들은 가능하면 국제적인, 그리고 번창하는 무역을 표면에 내세워 자신들의 활동을 숨긴다.

우표 매매라, 잘도 찾아냈군!

시카고의 레비 씨에게,

다음 여객선 편으로 체코슬로바키아 황색 딱지 희귀 우표 스무 장을 보냅니다.

물론 사무엘은 대부분의 업자들처럼 남자들만 취급하지는 않았을 것이다! 남아메리카의 환락가에서 가장 인기 있는 것은 프랑스 여자들이다. 그들을 보내는 사람들은 파리의 그랑 불바르에서 일한다.

하지만 물건의 대부분을 차지하는 싸구려 상품은 동유럽에서 제공된다. 열다섯 혹은 열여섯 살에 그곳으로 떠나는 시골 처녀들은 영영 돌아오지 못하거나, 스무 살이 되어서야 결혼 지참금을 벌어 돌아온다.

파리 경찰청에서는 그 모든 게 일상의 양식이다.

매그레가 당혹스러워한 것은 그때까지 검사장 뒤우르소, 리보 박사와 그의 아내, 프랑수아즈, 르뒤크, 호텔 사장 등등밖에 없었던 베르주라크 사건에 그 사무엘이 불쑥 끼어들었기 때문이었다.

새로운 세계, 완전히 다른 분위기의 난입…….

요컨대, 사건 전체의 색조가 바뀌었던 것이다! 맞은편에 매그레가 결국 모든 저장용 병에 뭐가 들었는지 알게 된 작은 식료품점이 보였고, 그 너머로 자동차 정비소의 주유기, 휘발유를 늘 통으로만 파는 것으로 보아 그냥 장식 삼아 세워 놓은 게 분명한 주유기가 보였다.

르뒤크가 말을 이었다.

「알제리를 사업 무대로 삼은 것도 놀라운 아이디어야……. 사무엘에게는 아랍인뿐만 아니라 내륙에서 온 흑인 고객들도 많았다네…….」

「그가 저지른 범죄는?」

「살인! 알제에서 전혀 알려지지 않은 유대인 둘이 공터에서 시체로 발견되었네. 둘 다 베를린에서 온 자들이었지. 수사가 진행되었고, 그들이 오래전부터 사무엘과 함께 일해 왔다는 사실이 밝혀졌네. 수사는 여러 달 동안 계속됐지. 그런데도 증거를 찾아내지 못했어. 그사이 사무엘이 병이 들어 감옥 의무실에서 병원으로 옮겨야만 했다는군.

경찰은 사건을 거의 재구성해 냈어. 사무엘이 수입을 독식한다며 베를린의 동업자 둘이 따지러 왔던 거야. 사무엘은 분명 모두에게서 돈을 빼돌린 교활한 자였을 거야. 따라서 협박을 받았을 거고⋯⋯. 결국 그들을 제거한 거야!

그는 사형을 선고받았어. 하지만 그를 처형할 필요는 없었지. 선고가 내려지고 며칠 뒤에 병원에서 사망했거든⋯⋯.

내가 아는 건 이게 전부일세!」

박사는 어둠 속에서 두 사람을 발견하고 놀란 듯 보였다. 손을 뻗어 스위치를 켠 것도 그였다. 그는 탁자에 가방을 내려놓고 건성으로 인사를 하고는 간절기용 외투를 벗고 세면대에 뜨거운 물을 받았다.

「난 이만 가보겠네.」 르뒤크가 일어서며 말했다. 「그럼 내일 또 보세⋯⋯.」

르뒤크로서는 매그레의 방에서 밀담을 나누다가 리보에게 들킨 것이 영 찜찜했을 터였다. 르뒤크는 그 지역 주민이었다! 따라서 두 진영 모두에 밉보이지 않게 조심할 필요가 있었다. 이제 분명 두 진영이 존재했으니까!

「몸조리 잘하게! 다음에 또 봅시다, 박사!」

비누로 손을 씻고 있던 박사는 웅얼거림으로 대답을 대신했다.

「체온은?」

「고만고만해요!」 매그레가 대답했다.

매그레는 사건 초기, 아직 살아 있다고 느끼는 게 크나큰 행복이었을 때처럼 기분이 좋았다.

「통증은?」

「이젠 익숙해져서……」

이제 일종의 의식이 되어 버린, 항상 똑같은 일련의 동작들이 또 한 번 이어졌다.

치료를 하는 동안 리보의 얼굴은 매그레의 얼굴과 거의 붙어 있다시피 했다. 매그레가 불쑥 지적했다.

「유대인의 특징이 크게 두드러지는 얼굴은 아니군!」

대답은 없었지만, 상처를 살펴보는 박사의 고른 숨소리가 살짝 흐트러졌다. 치료가 끝나고 붕대를 다시 감고 나자, 그가 말했다.

「이제 후송해도 되겠습니다.」

「그게 무슨 뜻이오?」

「이 호텔 방에 갇혀 지내지 않으셔도 된다고요. 친구분 르뒤크의 집에 가서 며칠 지내고 싶다고 하지 않으셨나요?」

자기 자신을 완벽하게 통제하는 사람, 그건 확실했다! 적어도 15분 전부터 매그레는 그를 뚫어지게 쳐다보았다. 하지만 그는 감정을 드러내지 않은 채 손가락 한 번 가늘게 떨지 않고 외과의라는 직업이 요하는 빈틈없는 동작들을 해냈다.

「앞으로 전 이틀에 한 번씩만 오고, 나머지 치료는 조수를 보내겠습니다. 실력 있는 친구니 전적으로 믿으셔도 됩니다.」

「당신만큼?」

드물긴 했지만, 매그레가 특유의 멍청한 표정을 지으며 그런 종류의 짤막한 말을 던지지 않을 수 없는 순간들이 있었다.

「그럼 안녕히!」

박사는 이렇게 말하고 훌쩍 가버렸다! 매그레는 또다시 홀로 남았다. 그의 머릿속은 용의 선상을 오르내리는 인물들로 어지러웠다. 그 컬렉션에 새로 추가된 사무엘이 대번에 맨 앞자리를 차지해 버렸다.

거의 찾아볼 수 없는, 두 번 죽는 기상천외한 독창성을 지닌 인물! 심장에 침을 꽂아 두 여자를 살해한 미치광이가 그였을까?

그 경우에는 앞뒤가 안 맞는 점이 여럿, 최소한 두 가지가 있었다. 우선, 그가 베르주라크를 활동 무대로 삼았다는 점.

일반적으로 그런 종류의 사람들은 주민들이 마구 뒤섞여 있어서 눈에 띄지 않게 활동할 수 있는 도시를 선호한다. 그런데 베르주라크, 나아가 도 전체를 통틀어 그를 봤다는 사람이 아무도 없었다. 에나멜 구두를 신은 것으로 보아, 그는 허접한 강도들처럼 숲에서 생활할 인물이 아니었다.

그가 누군가의 집에 묵었다고 가정해야 할까? 박사의 집? 르뒤크의 집? 뒤우르소의 집? 아니면 호텔 당글르테르?

두 번째로 알제에서 저질러진 범죄는 공모자들을 제거하고자 한 것으로 계획적이고 지능적이었다.

베르주라크의 범죄는 정반대로 미치광이, 성적 편집광, 혹은 사디스트의 작품이었다!

알제에서 베르주라크로 넘어오는 사이에 사무엘이 미쳐 버린 것일까? 아니면 알 수 없는 이유로 인해 광기를 가장할 필요성을 느낀 것일까? 침 이야기는 한낱 음침한 위장막에 불과한 것일까?

「뒤우르소가 알제리에 간 적이 있는지 알아봐야겠어!」매그레가 나지막이 웅얼거렸다.

그의 아내가 들어왔다. 그녀는 많이 지쳤는지 탁자 위에 모자를 던지고 안락의자에 털썩 주저앉았다.

「하필이면 이렇게 힘든 직업을 선택했담! 당신이 평생 이렇게 돌아다닌다고 생각하면……」 그녀가 한숨 쉬듯 말했다.

「새로운 건?」

「흥미로운 건 없어요. 파리에서 사무엘에 관한 보고서가 도착했다는 소리를 들었어요. 근데 비밀이래요.」

「그건 알고 있소.」

「르뒤크가 말했어요? 그랬겠군요. 당신은 여기 사람들한테 밉보였으니까. 사람들이 갈피를 못 잡고 있어요. 사무엘 이야기가 미치광이의 범죄와는 전혀 공통점이 없다면서 그는 단순히 숲에서 자살을 했을 뿐이고 머잖아 살해당한 여자가 다시 발견될 거라고 주장하는 사람들도 있어요.」

「리보의 전원주택 쪽에도 가봤소?」

「그럼요. 특별히 눈에 띄는 건 없었어요. 근데 어쩌면 별것 아닐 아주 사소한 사실 하나를 알아냈어요. 나이가 제법 든 어떤 천박한 여자가 두세 차례 그 집에 온 적이 있었는데, 사람들 말로는 아무래도 박사의 장모 같대요. 그런데 그녀가 어디 사는지, 아직 살아 있기는 한지 아무도 모른대요. 마지막으로 온 게 2년 전이라나……」

「전화기 좀 줘요!」

매그레는 경찰서를 대달라고 했다.

「보좌관이오? ……아뇨, 반장 바꿀 필요 없어요. 리보 부인의 처녀 적 성만 말해 주면 됩니다. ……그 정도는 못 해줄 이유가 없을 것 같은데…….」

잠시 후 그가 웃으며 송화기를 손으로 막고는 아내에게 말했다.

「나한테 정보를 줘도 되는지 물어보러 반장한테 갔나봐! 허를 찔려 당황한 거지! 아마 거절하고 싶을 거야. 여보세요! 예…… 뭐라고요? ……보솔레유? 고맙소이다.」

전화를 끊은 후에 그가 말했다.

「근사한 이름이군!⁵ 자, 이제 내가 당신한테 엄청난 끈기를 요하는 일거리를 줄 거요! 전화번호부를 뒤져서 프랑스에 있는 모든 의과 대학의 목록을 작성해요. 그런 다음 일일이 전화를 걸어서 리보라는 사람에게 의사 자격증을 수여한 적이 있었는지 물어봐요.」

「당신 생각에는 그가 의사가 아니……. 하지만…… 당신을 치료해 준 게 그 사람인데 어떻게…….」

「가서 알아봐요!」

「아래층에 있는 전화 부스에서 전화를 걸라고요? 거기서 통화를 하면 살롱에 있는 사람들한테 다 들리던데…….」

「그러니까!」

또다시 홀로 남은 매그레는 파이프에 담배를 채우고

5 보솔레유는 〈아름다운 태양〉이라는 뜻이다.

창문을 닫았다. 밤공기가 서늘했다.

그는 전혀 애를 쓰지 않아도 의사의 전원주택과 검사장의 음산한 집을 능히 상상할 수 있었다.

평소라면 직접 현장 분위기를 살피러 가는 데 크나큰 쾌감을 느꼈던 그가!

전원주택의 분위기는 그야말로 더없이 묘하지 않을까? 선이 뚜렷한 소박한 장식! 지나가는 사람들이 이렇게 말하며 탐낼 집!

「저 안에서 사는 사람들은 얼마나 행복할까!」

환한 방, 눈부신 커튼, 정원에 가득한 꽃, 반짝이는 구리 제품들……. 차고 문에서 자동차가 부르릉거리고…… 날씬한 아가씨, 혹은 거동이 단정한 의사가 차에 오른다…….

그들 셋은 저녁마다 무슨 말을 주고받을까? 리보 부인은 동생과 남편의 관계에 대해 알고 있을까?

그녀는 예쁘지 않았다! 자신도 그것을 알고 있었다! 그녀는 사랑에 빠진 여자와는 거리가 멀었고, 오히려 체념한 가정주부를 떠올리게 했다…….

반면에 프랑수아즈는 눈부신 생명력으로 환히 빛났다!

두 사람은 리보 부인에게 자신들의 관계를 숨겼을까? 문들 뒤에서 재빠르게 키스를 나눴을까?

아니면 반대로 셋 다 그 상황을 받아들이고 있는 걸까? 매그레는 외견상 훨씬 더 근엄한 집안에서 그런 묘한 삼각관계를 본 적이 있었다. 그때도 지방 도시였다!

그 보솔레유 여자들은 어디서 왔을까? 알제 병원 이야기는 사실일까?

어쨌거나 리보 부인은 그 당시 별 볼 일 없는 서민층 아가씨였을 것이다. 세세한 점들, 다시 말해 눈길, 몸짓, 태도, 옷 입는 방식 같은 데서 그것이 느껴졌다.

서민층의 두 아가씨....... 과거의 영향을 더 크게 받은 언니에게서는 몇 년이 지난 후까지도 출신이 드러났다.

반면, 현실에 훨씬 적응을 잘한 동생에게서는 거의 표시가 나지 않았다.

그들은 서로 증오할까? 서로 속내를 털어놓을까? 서로 질투할까?

베르주라크를 두 번 방문했던 엄마 보솔레유는? 이유는 알 수 없었지만, 매그레는 두 딸이 안정되게 지내는 게 너무 황송해 리보처럼 유능하고 부유한 남자에게는 상냥하게 굴어야 한다고 충고하는 뚱뚱한 아낙네를 떠올렸다.

리보가 그녀에게 꼬박꼬박 생활비를 대주고 있을지도!

⟨십중팔구 파리 18구나 니스 같은 데서 지내고 있을 거야.......⟩

그들은 저녁 식사를 하면서 최근 범죄에 대해 얘기를 나눌까? 그곳을 단 한 번만이라도, 단 몇 분만이라도 방문할 수 있다면! 벽, 장식품, 온 집 안에 굴러다니며 한 가족의 내밀한 삶을 너무나 잘 드러내는 자잘한 물건들을 볼 수 있다면!

뒤우르소의 집 역시! 왜냐하면 극도로 미세할진 몰라도 분명히 관계가 있었으니까!

그 모든 게 하나의 무리를 형성했다! 서로를 지탱했다!

매그레가 갑자기 벨을 눌러 사장에게 좀 올라와 달라고 부탁했다. 그러고는 다짜고짜 물었다.

「뒤우르소 씨가 리보 부부 집에서 자주 저녁 식사를 합니까?」

「수요일마다요. 그 양반은 차 갖는 걸 원치 않고, 제 조카가 택시를 몰기 때문에 제가 잘 알죠. 그리고……」

「고맙소!」

「그게 답니까?」

호텔 사장이 영문을 몰라 하며 방에서 나갔다. 매그레는 상상 속의 흰 식탁보 주변에 손님을 한 명 앉혔다. 리보가 자기 부인 오른쪽에 앉힐 공화국 검사장.

그는 문득 깨달았다.

〈내가 기차에서 뛰어내렸다가 피격당한 것도, 사무엘이 살해당한 것도 수요일, 정확하게 말해 수요일에서 목요일로 넘어가는 밤이었어!〉

그러니까 그들은 그때 리보의 집에서 함께 저녁 식사를 하고 있었다. 매그레는 갑자기 거인의 걸음을 내디딘

듯한 느낌을 받았다. 그가 수화기를 들었다.

「여보세요! 베르주라크 전화 교환국이오? 아가씨, 여기 경찰인데…….」

그는 목소리에 잔뜩 무게를 줬다. 퇴짜를 맞을지도 몰랐으니까.

「지난 수요일에 리보 씨가 파리에서 걸려 온 전화를 받은 적이 있는지 알려 주겠소?」

「기록을 찾아볼게요.」

1분도 채 걸리지 않았다.

「오후 2시에 전화를 받으셨네요. 파리 등록 번호 14-67에서 걸려 온…….」

「파리 14-67이라……. 혹시 거기 번호별로 분류된 파리 가입자 명부가 있소?」

「어디선가 본 것 같아요. 끊지 말고 잠시 기다려 주시겠어요?」

안 봐도 예쁜 아가씨가 분명했다! 게다가 발랄하기까지 한! 매그레는 빙긋이 웃으며 그러마고 했다.

「여보세요! ……찾았어요. 바스티유 광장에 있는 카트르 세르장 식당이네요.」

「3분 기본 통화?」

「아뇨! 세 통화, 그러니까 9분요.」

9분! 오후 2시에! 기차는 3시에 출발했다! 그날 저녁,

매그레가 난방이 지나치게 된 기차 칸, 불면으로 뒤척이는 여행 동료의 간이침대 아래에서 전전긍긍하는 동안, 검사장은 리보 부부의 집에서 저녁 식사를 했다······.

매그레는 안달이 나 미칠 지경이었다. 자칫 침대에서 훌쩍 뛰어내릴 뻔했다! 목표에 다가가고 있다는 것을, 더 이상 실수를 저지를 때가 아니라는 것을 느꼈으니까.

진실은 거기 어딘가에, 손 닿는 곳에 있었다. 그것은 이제 후각의 문제, 그가 손에 쥐고 있는 정보들을 어떻게 해석하느냐의 문제에 지나지 않았다······.

다만, 바로 그런 순간에 고개를 숙이고 잘못된 길로 냅다 돌진할 위험이 가장 컸다.

〈어디 보자······. 그들은 식탁에 앉아 있어······. 로잘리가 뒤우르소 씨에 대해 뭘 암시했더라? 아마도 그의 나이, 직책과 양립될 수 없는 어떤 뜨거운 열정 같은 것······. 이런 소도시에서는 어린 계집아이의 턱을 함부로 어루만졌다가는 몹쓸 양반으로 치부되기 일쑤지. 그럼 프랑수아즈가? 나이 지긋한 남자의 가슴에 불을 지필 유형의 아가씨이기는 해. 그러니까 그들은 식탁에 앉아 있어. 기차에는 사무엘과 내가 있고······. 그런데 사무엘은 벌써 두려워하고 있어. 그가 두려워한 건 엄연한 사실이니까. 그는 부들부들 떨고······ 숨도 제대로 못 쉬어······.〉

매그레는 땀에 흠뻑 젖어 있었다. 아래층에서 여종업

원들이 접시 나르는 소리가 들려왔다.

〈그가 기차에서 뛰어내린 게 쫓기고 있다고 생각했기 때문일까, 아니면 누가 역에서 자신을 기다리고 있다고 생각했기 때문일까?〉

이건 아주 중요한 문제야! 매그레는 그렇게 느꼈다. 그는 아주 민감한 부위를 건드렸다. 누가 그에게 대답이라도 할 것처럼 그가 나지막이 이렇게 속삭였다.

「……쫓기고 있다고 생각했을까, 아니면 누가 자신을 기다리고 있다고 생각했을까……. 그리고 그 전화는…….」

그의 아내가 들어왔다. 하지만 너무 흥분해 매그레의 표정이 상기된 것을 알아차리지 못했다.

「의사를, 진짜 의사를 당장 불러야겠어요! 이럴 수는 없어요! 이건 범죄예요……. 생각만 해도…….」

그녀는 뭔가 심상찮은 낌새라도 찾는 것처럼 남편의 얼굴을 이리저리 살펴보았다.

「그는 자격증이 없어요! ……의사가 아니에요! 등록 명부 어디에서도 그를 찾을 수가 없었어요. 열이 안 떨어지고 상처가 안 아무는 이유를 이제야 알겠네요…….」

「그래 그거야! 그는 누가 자신을 기다리고 있다고 생각한 거야!」 매그레가 의기양양하게 외쳤다.

전화 벨소리가 울렸다. 호텔 사장의 목소리.

「뒤우르소 씨가 올라가도 되겠느냐고 묻는데요?」

8
애서가

매그레의 표정이 순식간에 모든 것을 체념하고 침대에서 무료함을 달래는 환자의 표정, 생기 없고 침울한 표정으로 돌변했다.

방의 표정이 변한 것도 아마 그 때문이었을 것이다. 방은 훨씬 초라해 보였다. 위치를 옮겨 놓은 침대는 흐트러져 있었고, 원래 침대가 있던 자리에는 새 장방형 양탄자가 깔려 있었다. 침대 협탁에는 약들이 나뒹굴었고, 다른 탁자에는 매그레 부인의 모자가 던져져 있었다.

마치 우연처럼, 매그레 부인이 탕약을 준비하기 위해 작은 알코올버너를 켰다.

그렇게 봤을 때, 방은 전체적으로 약간 역겨웠다. 누가 문을 똑똑 두드렸다. 매그레 부인이 문을 열어 주자, 가볍게 고개 숙여 인사한 검사장이 아주 자연스럽게 그녀에게 지팡이와 모자를 건네고는 침대를 향해 걸어갔다.

「안녕하시오, 반장.」

그는 그렇게 당황한 기색이 아니었다. 오히려 정해진 임무를 완수하기 위해 각오를 다진 사람처럼 보였다.

「안녕하십니까, 검사장님. 이리로 앉으시죠…….」

매그레는 처음으로 뒤우르소 씨의 찌푸린 얼굴에서 미소를 보았다. 어색하게 말려 올라가는 입술! 그것 역시 준비된 것이었다!

「반장 때문에 거의 후회를 하다시피 했소이다……. 놀라셨소? ……그렇소이다, 반장에게 약간은 너무하다 싶을 정도로 딱딱하게 군 나 자신을 탓했소. 반장이 가끔 너무 거슬리게 행동을 한 것도 사실이지만…….」

그는 두 손을 펴 허벅지에 올려놓고 상체를 앞으로 굽힌 채 앉아 있었다. 매그레는 그를 정면으로 쳐다보고 있었다. 아무 생각도 없는 사람처럼 텅 빈 눈길로.

「간단히 말해, 난 당신에게 알려 주기로 결정했소…….」

물론 반장은 듣고 있었다. 하지만 그는 상대방이 한 얘기를 단 한 마디도 반복할 수 없었을 것이다. 사실, 그는 신체뿐만 아니라 정신적인 측면에서 상대방을 조목조목 살펴보는 데 열중하고 있었다.

반백의 머리카락과 콧수염 때문에 더욱 부각되어 보이는, 거의 지나치다 싶을 정도로 맑은 안색……. 뒤우르소 씨에게는 간 질환이 없었다……. 다혈질도 아니었고 통풍도 없었다…….

어디든 질병에 약한 쪽이 있을 텐데? 신체적 약점 없이 예순다섯의 나이에 도달할 순 없으니까!

〈동맥 경화!〉 매그레가 속으로 외쳤다.

그는 비쩍 마른 손가락과 피부는 매끄럽지만 유리처럼 딱딱한 혈관이 툭툭 불거져 나온 손을 주시했다.

무뚝뚝하고 신경질적이며 지적이고 화를 잘 내는 키 작은 남자!

〈도덕적으로 그의 약점은, 악덕은 뭘까?〉

뭔가가 있었다! 그것이 느껴졌다. 검사장의 품위 뒤에 끝없이 숨는 흐릿하고 부끄러운 뭔가가 있었다.

그가 말을 하고 있었다.

「……아무리 늦어도 2~3일 안으로 심리가 종결될 겁니다……. 사실들이 스스로 말해 주고 있으니까요! 사무엘이 어떻게 죽음을 면하고 자기 대신 다른 사람을 묻히게 했느냐, 그건 알제 검찰이 알아서 할 겁니다. 그 오래된 이야기를 다시 들춰내고 싶다면 말이죠. 내 생각에는 문제조차 안 될 것 같긴 하지만……」

그의 어조가 살짝 꺾이는 순간들이 있었다. 매그레의 눈길을 찾으려고 애쓰다가 텅 빈 시선과 마주칠 때 그랬다! 그러면 그는 반장이 자신의 말을 듣고나 있는지, 정신을 딴 데 파는 게 자신을 깔봐서 그런 건 아닌지 자문해

보는 눈치였다.

그는 마음을 다잡으려고 애썼고, 그럴 때면 목소리에
힘이 들어갔다.

「어쨌든 알제에서 이미 정신이 온전치 못했던 사무엘
이 프랑스로 들어와 이곳저곳 숨어 다니다가 얼마 후에
광기에 사로잡혔을 가능성도 있어요. 드물지 않은 경우
죠. 리보 박사가 확인해 줄 겁니다. 그는 범죄들을 저질러
요……. 기차에서 그는 당신이 자신을 쫓고 있다고 믿어
요……. 그래서 당신에게 총격을 가합니다. 그러고는 점
점 겁에 질려 결국 자살을 하고 만 겁니다.」

검사장이 지나치게 여유 만만한 몸짓을 하며 덧붙였다.

「난 시신 근처에서 권총이 발견되지 않은 건 그리 중요
하게 여기지 않아요. 범죄 연감에도 그런 예가 수도 없이
실려 있으니까……. 부랑자나 어린아이가 그곳을 지나다
가져갔을 수도 있고……. 그건 10년이나 20년 후에 밝혀
질 겁니다. 중요한 건 아주 가까이에서 총이 발사됐다는
겁니다. 그건 부검에서도 확인됐어요……. 그러니까 몇
마디로 줄여 말하자면…….」

매그레는 속으로 반복해 묻고 있었다.

〈그의 악덕은 뭘까?〉

알코올은 아니었다! 노름도 아니었다! 이상하게도 반
장은 여자도 아니라고 대답하고 싶었다.

탐욕? 그건 그나마 훨씬 그럴듯했다! 모든 문을 걸어 잠그고 금고를 열어 탁자 위에 지폐 뭉치와 금이 든 작은 가방들을 펼쳐 놓는 뒤우르소 씨는 훨씬 쉽게 상상할 수 있었다.

잘라 말해, 그는 외로운 남자라는 인상을 줬다. 그런데 노름은 상대가 있어야 하는 악덕이다! 사랑 역시! 알코올도 거의 언제나…….

「뒤우르소 씨, 혹시 알제리에 간 적 있습니까?」

「나요?」

누가 그런 식으로 〈나요〉라고 대답하면, 그건 십중팔구 시간을 벌기 위한 것이다.

「그건 왜 묻죠? 내가 식민지에서 살다 온 사람처럼 보입니까? 아뇨, 난 알제리는 고사하고 모로코에도 가본 적이 없어요. 내가 가장 멀리 여행한 건 노르웨이의 피오르를 관광했을 때였어요. 1923년이었죠.」

「그렇군요……. 제가 왜 그런 질문을 드렸는지 사실 저도 잘 모르겠습니다. 검사장님은 제가 과다 출혈로 인해 심신이 얼마나 허약해졌는지 상상도 못 하실 겁니다…….」

뜬금없이 한 주제에서 다른 주제로 넘어가는 것, 대화 내용과 전혀 관계가 없는 것들에 대해 갑자기 얘기를 꺼내는 것, 그것 역시 아주 오래된 매그레의 수법이었다.

그 경우, 상대방은 덫에 걸려들까 두려워 있지도 않은

의도를 간파하려고 애쓰게 된다. 신경을 곤두세운 채 머리를 굴리다 지쳐 결국에는 자기 생각의 끈을 놓치고 마는 것이다.

「의사 양반한테 말했더니 아무래도 그런 것 같다고 하더군요. 참, 그 양반 집에서는 누가 요리를 합니까?」

「예……?」

매그레는 그에게 대답할 시간을 주지 않았다.

「자매 중 하나가 한다면, 절대 프랑수아즈는 아닐 겁니다! 그 아가씨는 냄비를 들여다보고 있는 것보다는 고급 승용차 핸들을 쥐고 있는 게 더 어울리죠……. 죄송하지만 거기 있는 물 잔 좀 집어 주시겠습니까?」

팔꿈치를 짚고 몸을 일으킨 매그레가 물을 마시기 시작했다. 하지만 불안한 자세 때문에 잔을 놓쳤고, 그 내용물이 뒤우르소 씨의 다리에 쏟아졌다.

「아이고, 죄송합니다! ……이런 멍청한 짓을! 제 아내가 당장 닦아 드릴 겁니다. 얼룩이 남지 않는 물이라 그나마 다행이에요……」

뒤우르소 씨의 얼굴이 벌겋게 상기됐다. 바지로 스며든 물이 종아리를 따라 흘러내리고 있을 터였다.

「닦으실 필요 없습니다, 부인……. 남편분이 말씀하셨다시피 얼룩이 남지 않으니까요. 그러니 신경 쓰실 것 없습니다.」

그 말에는 빈정거림이 섞여 있었다.

매그레의 횡설수설에 그 작은 사고까지 겹쳐지자, 검사장이 처음에 의도적으로 드러냈던 좋은 기분은 싹 가시고 말았다. 엉거주춤 서 있던 그는 아직 하고자 했던 얘기가 많이 남아 있다는 것을 기억해 냈다.

하지만 김이 새버렸는지 이제는 연기를 잘 못했다. 분위기를 우호적으로 끌고 가려고 애는 썼지만, 극히 상대적인 정중함, 그 선을 넘어서지 못했다.

「그건 그렇고, 반장, 당신의 의도는 뭡니까?」

「똑같습니다!」

「말하자면……?」

「당연히 살인범을 잡는 것이죠! 그러고도 시간이 남는다면, 제가 열흘 전부터 진작 가 있었어야 할 그놈의 리보디에르에도 가보고요.」

뒤우르소 씨의 얼굴이 분노로 창백해졌다. 뭐라고? 제 발로 찾아오는 수고를 아끼지 않고, 할 말을 정리해 주저리주저리 늘어놓고, 거의 아양을 떨다시피 했는데!

그런데 파리에서 온 반장이라는 작자는 그의 다리에 물 잔을 엎더니(검사장은 매그레가 일부러 그랬다고 확신했다!) 태연하게 이렇게 선언했다.

「전 살인범을 체포할 겁니다!」

더 이상 살인범은 없다고 분명히 밝혔는데도, 이자는

공화국 검사장인 자신에게 그따위로 말하고 있었다! 이건 마치 무슨 협박 같지 않은가? 또다시 문을 쾅 닫고 가버려야 할까?

웬걸! 뒤우르소 씨는 간신히 미소를 짓는 데 성공했다.

「고집이 대단하군요, 반장!」

「하하, 할 일 없이 종일 침대에 누워 있다 보니…… 근데 혹시 저한테 빌려 주실 책 좀 없으십니까?」

또 한 번의 떠보기. 매그레는 상대방의 눈길에 불안이 어른거리는 것을 본 듯한 인상을 받았다.

「보내드리죠…….」

「쾌활한 작품들이겠죠, 안 그렇습니까?」

「난 이만 가봐야겠소…….」

「제 아내가 모자와 지팡이를 갖다 드릴 겁니다! 저녁 식사는 댁에서 하시나요?」

매그레가 악수를 청하자 검사장도 감히 거절하지는 못했다. 문이 닫힌 뒤 매그레는 눈길을 천장에 고정한 채 꼼짝도 않고 누워 있었다. 아내가 물었다.

「혹시 당신……?」

「로잘리가 아직도 이 호텔에서 일하오?」

「층계에서 그 아가씨와 마주쳤던 것 같아요.」

「찾아서 좀 데려와요.」

「사람들이 또 입방아를 찧어 댈 텐데…….」

「상관없어요!」

매그레는 기다리는 동안 속으로 이렇게 반복했다.

〈뒤우르소는 두려워하고 있어! 그는 처음부터 두려워했어! 내가 살인범을 체포할까 봐, 내가 자신의 사생활을 파고들까 봐! 리보 역시 두려워하고 있어. 리보 부인도 마찬가지고…….〉

그 사람들이 중부 유럽의 불쌍한 유대인들을 해외로 내보낸 신분증 위조 전문가, 사무엘과 어떤 관계일 수 있는지 밝혀내는 일이 남아 있었다!

검사장은 유대인이 아니었다. 리보는 아마 그럴 테지만, 그것도 확실치는 않았다.

문이 열렸다. 로잘리가 들어오고, 매그레 부인이 뒤따라 들어왔다. 로잘리가 앞치마에 크고 붉은 손을 닦았다.

「절 찾으셨어요?」

「그래, 우리 예쁜……. 음, 들어와요……. 이리로 좀 앉아요…….」

「저흰 손님 객실에 앉을 권리가 없어요!」

어조만으로도 그녀가 어떻게 나올지 뻔히 예상할 수 있었다! 그녀는 더 이상 이전의 수다스럽고 친근한 아가씨가 아니었다. 따끔한 질책을 당했거나, 입을 다물지 않으면 가만두지 않겠다는 협박을 받은 모양이었다.

「뭐 하나 물어볼 게 있어서 이렇게 불렀소. 혹시 검사장 집에서 일한 적 없소?」

「그 집에서 2년 동안 일했어요.」

「그럴 것 같더라니! 요리사로? 침실 하녀로?」

「남자분이라 침실 하녀는 필요 없어요!」

「그랬겠지! 그렇다면 고된 일을 했겠군. 마루에 왁스 칠을 하거나 먼지를 닦는 것 같은……」

「그렇죠 뭐, 집 안 청소 같은 거!」

「그렇지! 그렇게 해서 집안의 자잘한 비밀들을 알게 됐겠군! 그 집에서 나온 지는 얼마나 됐소?」

「1년 정도 됐어요!」

「달리 말해, 당시에도 지금만큼이나 예뻤겠군……. 여부가 있나!」

매그레는 웃지 않았다. 그는 놀라울 만큼 확신에 찬 표정으로 그러한 것들을 말하는 특별한 기술을 가지고 있었다. 게다가 로잘리는 못생긴 편이 아니었다. 벌써 호기심 어린 많은 손들이 집적댔을 풍만한 몸매를 지니고 있었다.

「당신이 일하는 모습을 검사장이 바라보기도 했소?」

「그랬다면 가관이었을 거예요! 제가 양동이를 뒤엎고 걸레를 휘둘러 쫓아 버렸을 테니까요!」

그래도 로잘리의 기분을 누그러뜨려 주는 게 한 가지 있긴 했다. 매그레 부인이 자잘한 집안일에 열중하는 걸

보는 것. 로잘리는 힐끗힐끗 쳐다보다가 끝내는 이렇게 말하지 않을 수 없었다.

「제가 작은 솔을 갖다 드릴게요. 아래층에 있거든요…….
그렇게 빗자루로 하시면 너무 힘들어요.」

「검사장에게 여자 손님이 많았소?」

「몰라요!」

「모를 리가 있나! 그러지 말고 말해 봐요, 로잘리! 당신은 예쁠 뿐만 아니라 착하기도 하잖소. 일전에 당신이 꿈과 현실을 혼동한다고 사람들이 말했을 때도 내가 나서서 당신 편을 들어 줬잖아…….」

「그랬다간 큰일 나요!」

「뭐가?」

「제가 말을 하면요! 우선 제 약혼자 알베르의 앞길이 막히고 말 거예요. 그이는 행정 공무원이 되고 싶어 하거든요……. 그리고 절 미친 여자로 몰아 가둬 버릴 거예요! 밤마다 꿈을 꾸고, 꿈 얘길 해댄다면서…….」

그녀가 슬슬 열을 받기 시작했다. 이제 살짝 밀기만 하면 됐다.

「저번에 추문이니 뭐니 하는 것 같던데…….」

「그뿐이었다면야!」

「근데 방금 나한테는 뒤우르소 씨에게 여자 손님이 없다고 했잖소! 듣자 하니 그가 보르도에 자주 간다고 하던데…….」

「가든 말든 전 신경 안 써요!」

「그럼 추문은…….」

「아무나 붙들고 물어보세요, 소문이 퍼져서 모르는 사
람이 없으니까……. 2년 전 일인데요…… 이곳 우체국에
파리에서 발송된 작은 등기 소포가 도착했어요. 근데 배
달을 하려고 그걸 집어 든 우체부가 짐표가 떨어진 걸 발
견했어요. 그러니 그게 누구에게 온 소포인지 알 수가 없
었죠. 이상하게도 발송인의 이름도 없었거든요…….

우체국에서는 그걸 열어 보기 전에 일주일이나 기다렸
어요. 누가 찾으러 올 거라고 생각했거든요……. 그 안에
뭐가 들어 있었는지 아세요?

사진들! 그냥 사진이 아니라…… 벌거벗은 여자들 사
진……. 여자들뿐만 아니라…… 남자와 여자가…….

2~3일 동안 베르주라크에서 그런 것들을 받아 보는
인물을 놓고 말들이 얼마나 많았는지……. 우체국장이
경찰 반장에게 도움을 청하기까지 했어요.

그러던 어느 날, 똑같은 종이로 포장한 아주 비슷한 소
포가 또 도착했어요……. 짐표도 떨어져 나갔던 것과 똑
같은 모델이었는데, 수취인이 뒤우르소 씨로 되어 있었
어요!」

매그레는 전혀 놀라지 않았다. 조금 전에 그는 검사장

의 악덕이 남몰래 혼자 저지르는 그런 것일 거라고 결론 짓지 않았던가!

그 영감이 저녁마다 2층의 어두운 서재에 틀어박히는 건 돈을 세기 위해서가 아니라 외설 사진을 감상하고, 음란한 책들을 읽기 위해서였다.

「내 말 잘 들어요, 로잘리! 절대 당신 이름이 오르내리는 일은 없을 거라고 약속하겠소! 그러니 솔직히 말해 봐요. 방금 나한테 얘기해 준 걸 알았을 때 검사장의 책장을 슬쩍 들여다봤죠?」

「누가 말해 줬어요? ……격자를 쳐놓은 책장 아래쪽은 늘 잠겨 있었어요. 딱 한 번, 열쇠가 그냥 꽂혀 있기에……」

「그래서 뭘 봤소?」

「잘 아시잖아요! 그 때문에 제가 밤마다 악몽을 꾸고, 한 달 이상 알베르 곁에 가고 싶지 않았다니까요……」

따라서 그녀와 금발 약혼자는 이미 그렇고 그런 사이라는 뜻이었다!

「아주 두꺼운 책들, 안 그렇소? 화려한 종이에 삽화들이 있는……」

「예……. 그리고 다른 것들도…… 우리는 상상도 할 수 없는 것들요……」

뒤우르소 씨의 비밀은 그게 전부였을까? 그렇다면 정말 불쌍했다! 그 가엾은 독신 영감이 여자에게 미소만 지어도 추문이 되는 베르주라크에 고립되어…….

그는 나름대로 애서가가 되어 연애 판화, 선정적인 사진, 카탈로그에 점잖게 〈정통한 분들을 위한 저작〉이라고 소개되어 있는 책들을 수집하는 것을 위안으로 삼았다.

그래서 그는 두려워했다…….

다만, 그 열정은 살해된 두 여자, 그리고 무엇보다 사무엘하고는 아무런 연관이 없었다!

사무엘이 사진들을 제공해 준 사람이 아닌 한! 맞을까? 아닐까? ……매그레는 쉽게 결론을 내릴 수가 없었다. 로잘리는 자기도 모르게 너무 많은 말을 한 것에 놀라 얼굴이 빨개져서는 안절부절못하고 있었다.

「부인께서 안 계셨다면, 제가 감히 이런 얘기를 털어놓지 못했을 거예요…….」

「리보 박사가 뒤우르소 씨의 집에 자주 찾아왔소?」

「거의 안 왔어요! 전화만 했어요!」

「가족은?」

「아뇨, 비서로 일했던 프랑수아즈 양을 빼고요!」

「비서라니? 검사장의 비서?」

「예! 상자에 쏙 들어가는 글 쓰는 작은 기계를 가져오기도 했어요.」

「그녀가 법률적 사건들을 맡아 처리했소?」

「뭔지는 모르지만, 벽걸이 천을 쳐서 서재와 분리시킨

작은 사무실에서 별도의 일을 했어요. 두꺼운 녹색 벨벳 벽걸이 천요……」

「그 안에서 두 사람이……?」 매그레가 슬쩍 떠봤다.

「전 그런 말 한 적 없어요! 전 아무것도 못 봤어요.」

「그게 얼마 동안 지속됐소?」

「6개월 동안요……. 그런 다음 아가씨는 자기 엄마 집으로 갔어요. 파리나 보르도 같던데, 저도 정확하게는 몰라요.」

「요약하자면, 뒤우르소 씨가 당신에게 치근댄 적은 없다는 말이오?」

「그랬다간 창피만 톡톡히 당했게요!」

「당신은 이제 아무것도 모르는 거요! 협조해 줘서 고맙소! 당신에게 절대 불이익이 돌아가지 않을 거라고, 당신이 오늘 여기 온 건 약혼자도 모르게 하겠다고 내 약속하겠소.」

그녀가 나가자, 매그레 부인이 문을 닫고 돌아와 한숨을 쉬며 말했다.

「참 딱한 일이에요! 고위직에 있는 똑똑한 양반들이……」

매그레 부인은 바람직하지 못한 뭔가를 발견하면 늘 놀라워했다! 선량한 아내로서 자식을 못 가진 것을 슬퍼하는 자신의 본능보다 훨씬 더 불안스러운 본능들이 있을 수 있다는 사실을 받아들이지 못했다.

「아까 그 아가씨가 과장하고 있다고 생각하진 않아요? 당신이 내 의견을 원한다면, 난 아무래도 그녀가 관심을 끌려고 그러는 것 같아요! 귀만 기울여 준다면, 아무 얘기나 지껄여 델 아가씨라고요! 난 지금은 그녀가 공격을 당한 적이 없다는 쪽에 내기를 걸겠어요.」

「나도!」

「박사의 처제도 마찬가지고요. 호리호리한 것이 한 손으로 밀어도 픽 쓰러질 것 같은데…… 그런 여자가 우악스러운 남자의 공격을 물리쳤다고요?」

「내 말이!」

「한마디 더 해요? 난 이렇게 가다가는 일주일 후에는 뭐가 진실이고 뭐가 거짓인지 도통 알 수 없게 될 거라고 생각해요! 이번 사건 같은 것들은 사람들의 상상력을 자극해요! 그래서 밤에 잠들면서 상상했던 이야기들을 아침에는 마치 실제로 일어난 일인 것처럼 이야기하죠……. 보세요, 뒤우르소 씨가 벌써 몹쓸 양반이 되어 버렸잖아요! 내일은 또 누군가가 당신에게 이곳 반장이 아내를 속이고 바람을 피웠다고 얘기할 거고……. 그리고 당신! 당신에 대해서는 또 뭐라고 입방아를 찧어 대겠어요? 당신만 그냥 놔둘 이유가 없잖아요……. 조만간 내가 당신 정부로 통하지 않으려면 사람들에게 가족 증명서를 보여줘야 할지도 몰라요…….」

매그레는 빙긋이 웃으며 애정 어린 눈길로 아내를 바라보았다. 그녀는 흥분해 있었다. 복잡하게 얽히고설킨 그 모든 이야기가 그녀를 두려움에 떨게 했다.

「의사도 아니면서 의사 행세를 하는가 하면…….」

「누가 알겠소?」

「누가 알다뇨? 내가 의대란 의대엔 죄다 전화를 걸어 일일이 확인해 봤다니까요…….」

「내 탕약 좀 주겠소?」

「적어도 저 탕약은 당신에게 나쁘지 않을 거예요. 그가 처방한 게 아니니까.」

탕약을 마시는 동안 매그레는 아내의 손을 꼭 쥐고 있었다. 방 안이 더웠다. 주기적으로 고양이가 가르릉거리는 것 같은 소리를 내며 방열기가 뜨거운 김을 뿜어 댔다.

아래층에서는 저녁 식사가 끝나고 주사위 놀이와 당구 게임이 시작되었다.

「탕약을 마시니 속이 뜨뜻하니 좋군…….」

「그래요, 여보…… 좋은 탕약이라…….」

그는 애정을 아이러니한 표정 아래 감추며 그녀의 손에 입을 맞춰 주었다.

「두고 봐요! 일이 잘 풀리면 2~3일 후에는 집에 가 있게 될 테니…….」

「그리고 당신은 또 새로운 수사를 시작하겠죠!」

9

여가수 낚아채기

매그레는 난감해하는 르뒤크의 표정을 보며 속으로 킬킬대고 있었다.

「나한테 맡기겠다는 까다로운 임무라는 게 뭔가?」

「말하자면 자네만 해낼 수 있는 임무일세! 이런! 그런 표정 짓지 말게나! 검사장 집을 털라는 것도, 리보 부부의 전원주택에 몰래 잠입하라는 것도 아니니까……」

매그레는 보르도에서 발행되는 신문 한 장을 끌어당겨서는 손톱으로 작은 광고문에 밑줄을 그었다.

상속 문제로 예전에 알제에 거주했던 보솔레유 부인을 찾습니다. 베르주라크, 호텔 당글르테르에 투숙 중인 공증인 매그레에게 문의 바람. 긴급.

르뒤크는 웃지 않았다. 그는 불쾌한 표정으로 매그레

를 쳐다보았다.

「나더러 가짜 공증인 행세를 해달라는 건가?」

그가 워낙 볼멘소리를 내는 바람에 방 안쪽에 있던 매그레 부인이 피식 웃었다.

「천만에! 이 광고문은 10여 개의 보르도 지역 신문과 파리 주요 일간지에 실렸네……」

「왜 하필이면 보르도지?」

「그건 신경 쓰지 말게. 베르주라크로 들어오는 기차가 하루에 몇 편이나 되지?」

「서너 편!」

「덥지도 춥지도 않은 게 날씨가 딱 좋아. 비도 안 오고. 역 앞에 선술집이 있나? 있군. 좋아, 자네 임무를 말해 주지. 보솔레유 부인을 찾을 때까지 기차가 도착할 때마다 플랫폼으로 나가 있게.」

「난 보솔레유 부인이 누군지 알지도 못하네!」

「나도 몰라! 그녀가 살이 쪘는지 말랐는지조차. 아마 나이는 40대에서 60대 사이일 걸세. 내 감으로는 아무래도 뚱뚱할 것 같아.」

「광고문에 여기로 오라고 해놓고, 나더러 왜 역으로 나가라는 건지……」

「아주 예리하군! 다만, 내 생각에는 제3의 인물이 역에 나타나 그녀가 여기로 오는 걸 막을 것 같아. 이제 임무를 이해하겠나? 어떻게든 그 부인을 이리로 데려오게. 잽싸게 낚아채서!」

매그레는 베르주라크 역에 가본 적이 없었다. 하지만 그의 눈앞에 역의 모습이 실린 우편엽서가 있었다. 햇빛이 환하게 비치는 플랫폼, 역장의 작은 사무실, 안전등 보관 창고.

가엾은 르뒤크가 밀짚모자를 쓴 채 기차가 도착하기를 기다리며 오락가락하고, 여행객들의 얼굴을 일일이 쳐다보고, 나이 든 부인들 뒤를 졸졸 따라가고, 필요할 경우 혹시 성이 보솔레유가 아니냐고 묻는 모습은 상상만 해도 재미있었다.

「자넬 믿어도 되겠나?」

「꼭 그래야 한다면야!」

르뒤크가 어깨를 축 늘어뜨린 채 방을 나섰다. 사람들은 그가 자동차 시동을 걸려고 애쓰는 것을, 시동이 좀처럼 안 걸리자 크랭크 핸들을 오랫동안 돌리는 것을 보았다.

잠시 후 매그레를 대신 치료하기로 한 리보 박사의 조수가 방으로 들어와 우선 매그레 부인에게, 이어서 반장에게 정중하게 인사를 했다.

그는 적갈색 머리카락에 비쩍 말라 뼈마디가 툭툭 불거진 소심한 청년이었다. 그는 움직일 때마다 가구에 부딪혔고, 그럴 때마다 〈죄송합니다〉를 연발했다.

「죄송합니다, 부인……. 뜨거운 물이 어디 있는지 좀 가르쳐 주시겠습니까?」

그리고 하마터면 침대 협탁을 넘어뜨릴 뻔했을 때는 당황해 이렇게 연신 사과했다.

「죄송…… 아! 죄송합니다……」

매그레를 치료하면서도 걱정이 이만저만이 아니었다.

「제가 건드려 아프진 않으신가요? 죄송합니다……. 상체를 좀 똑바로 세워 주시겠습니까? 죄송합니다……」

매그레는 낡은 포드를 역 앞에 주차하는 르뒤크를 떠올리며 싱긋이 웃었다.

「리보 박사는 일이 많소?」

「예! 많이 바쁘십니다. 늘 그렇게 바쁘시죠.」

「대단히 활동적인 분이죠, 안 그렇소?」

「그럼요, 대단하시죠! ……정말이지 보통 분이 아니세요! 앗, 죄송합니다! 아침 7시에 무료 진료로 시작해서…… 개인 병원도 있는 데다…… 종합 병원 일까지……. 다른 분들과는 달리 조수들을 못 믿으세요. 그래서 모든 걸 직접 확인하고 싶어 하시죠…….」

「혹시 그가 정식 의사가 아닐 수도 있다는 생각은 안 해봤소?」

조수가 말문이 막히는 듯 어이없어하다가 웃음을 터

뜨렸다.

「농담이시죠? 리보 박사님이 그냥 의사가 아닌 건 맞아요. 아주 위대한 의사니까요. 파리에 정착하려고 했다면, 아마 금방 엄청난 명성을 얻었을 겁니다.」

그것은 그의 솔직한 생각이었다. 그 젊은이에게서는 속셈이 전혀 없는 진심 어린 존경심이 느껴졌다.

「그가 어느 대학에서 공부를 했는지 아시오?」

「몽펠리에서 하셨을 거예요. 맞아요! 거기서 하셨어요. 거기서 모셨던 교수님들에 관해 말씀하신 적이 있거든요. 그 후에는 파리에서 마르텔 박사님 밑에서 조수로 일하셨어요.」

「확실해요?」

「박사님 실험실에서 제자들에게 둘러싸인 마르텔 박사의 사진을 제 눈으로 직접 봤어요.」

「신기하군.」

「죄송하지만, 정말로 리보 박사님이 의사가 아닐 수도 있다고 생각하세요?」

「딱히 그렇다기보다…….」

「다시 한 번 말씀드리지만, 제 말을 믿으셔도 됩니다. 그 분은 대가예요! 단 한 가지 그분을 탓할 게 있다면, 너무 과로하신다는 거죠. 그렇게 무리를 하시다가는 얼마 안 가 쓰러지고 마실 테니까요. 신경이 곤두서서 폭발 직전인 상태를 저도 여러 번 봤거든요……」

「최근 들어 그렇소?」

「예, 최근 들어 더 심하세요. 아시다시피, 완치가 거의 확실하지 않았으면 선생님께 저를 대신 보내지도 않으셨을 거예요. 게다가 크게 심각한 경우는 아니니까요! 다른 분 같았으면 첫날부터 선생님 치료를 조수에게 넘겼을 겁니다……」

「동료 의사들도 그를 많이 좋아하나 보죠?」

「모두가 찬탄을 금치 못하죠!」

「난 그들이 그를 좋아하느냐고 물었소.」

「예…… 그런 것 같아요……. 안 좋아할 이유가……」

하지만 말투에서 그가 뭔가를 유보하고 있다는 게 느껴졌다. 분명히 그는 찬탄과 애정을 구분했다.

「그의 집에 자주 갑니까?」

「단 한 번도 가본 적 없어요! 병원에서 매일 뵙는걸요.」

「그럼 그의 가족을 본 적도 없겠군.」

이렇게 대화를 나누는 동안, 이제 매그레가 순서를 훤히 꿰뚫고 있는 일상적인 치료가 이뤄졌다. 햇빛을 누그러뜨리기 위해 블라인드를 쳐놓았지만, 광장의 소음들은 또렷이 들려왔다.

「그에게 아주 예쁜 처제가 있던데……」

젊은이는 대답하지 않았다. 아예 못 들은 척했다.

「그가 보르도에 제법 자주 나가죠, 안 그렇소?」

「그곳에서 박사님을 가끔 부르죠! 원하기만 했다면 파리나 니스, 심지어 외국까지 나가서 수술을 하셨을 거예요.」

「젊은 나이에도 불구하고!」

「외과의에겐 큰 장점이죠! 일반적으로 나이가 많은 외과의는 환영을 못 받거든요.」

치료가 끝났다. 손을 씻고 수건을 찾던 젊은 조수가 매그레 부인이 수건을 가져다주자 더듬더듬 말했다.

「아! 죄송합니다……」

매그레로서는 리보 박사를 파악하는 데 도움이 될 새로운 특징을 알아낸 게 수확이라면 수확이었다. 동료들은 그를 대가로 취급했고, 그는 눈코 뜰 새 없이 바쁘게 일을 했다!

야심가? 그럴 가능성도 있었다. 하지만 그는 성공이 보장되어 있는데도 파리로 올라가지 않았다.

「뭔가 짚이는 게 있어요?」 둘만 남자 매그레 부인이 물었다.

「응? ……블라인드 좀 올려 주겠소? ……그가 의사인 건 확실해요. 아니라면 주변 사람들을 그렇게 오랫동안 속일 수 없었을 테니까. 특히 격리된 진료실이 아니라 병원에서 다른 사람과 함께 일을 하면서는……」

「하지만 모든 의과 대학에 문의를 해봐도……」

「한 번에 하나씩. 지금 당장은 생전 처음 보는 부인을 어떻게 대해야 할지 몰라 쩔쩔 매고 있을 르뒤크를 기다려 봐야겠소. 기차 소리 못 들었소? 보르도에서 온 기차라면 가능성이……」

「당신은 뭘 기대하는데요?」

「곧 알게 될 게요! 성냥 좀 주구려……」

매그레의 상태가 한결 나아졌다. 체온도 37.5도로 떨어졌고, 오른팔의 뻣뻣함도 거의 사라졌다. 가장 확실한 신호는 그가 좀이 쑤셔 침대에 가만히 누워 있지 못하는 것이었다. 그는 자세를 바꾸고, 베개들을 다시 받치고, 몸을 일으키고, 기지개를 켜며 시간을 보냈다.

「당신이 전화 몇 통 해줘야겠소……」

「누구한테요?」

「내가 관심을 갖고 있는 인물들이 지금 어디 있는지 알고 싶소. 먼저 검사장의 집을 대달라고 하고는, 저쪽에서 그 사람 목소리가 들리면 바로 끊어 버려요.」

매그레 부인이 수화기를 들고 시키는 대로 했다. 그 사이, 매그레는 광장을 내다보며 파이프를 뻑뻑 빨아 댔다.

「검사장은 자기 집에 있어요!」

「그럼 이제 병원으로 전화해서 박사를 바꿔 달라고 해요……」

그 역시 병원에 있었다.

「이제 그의 집만 확인해 보면 되겠군……. 리보 부인이 받으면 프랑수아즈를 바꿔 달라고 하고, 프랑수아즈가 받으면 리보 부인을 바꿔 달라고 해요.」

전화를 받은 건 리보 부인이었다. 그녀는 동생이 부재 중이라고 대답하고는, 자신이 용건을 전해 주면 안 되겠느냐고 물었다.

「끊어요!」

수상한 전화를 받고 분명 뭔가가 있다고 여긴 그들은 전화를 건 사람이 누군지 알아보느라 오전 나절을 보낼 터였다!

5분 후 호텔 버스가 역에서 여행객 셋을 태우고 도착했고, 보이가 그들의 가방을 옮겼다. 곧이어 우체부가 우체국 앞에 자전거를 세우고 우편물 자루를 들고 들어갔다.

마침내 포드 자동차 특유의 경적 소리가 들리더니 르뒤크의 포드가 호텔 앞 주차장에 멈춰 섰다. 매그레는 르뒤크 옆 조수석에 누가 앉아 있는 것을 보았다. 그리고 뒷좌석에도 한 사람이 더 앉아 있는 것을 본 것 같았다.

그가 잘못 본 게 아니었다. 가엾은 르뒤크가 가장 먼저 내려 주변을 둘러보고는, 우스꽝스러워 보일까 봐 두려워하는 사람처럼 불안한 표정을 감추지 못하며 한 뚱뚱한 부인이 차에서 내리게 도와주었다. 그 부인은 차에서 내리다 발이 걸려 하마터면 르뒤크의 품에 안길 뻔했다.

이미 차에서 내린 젊은 여자는 매그레의 창문 쪽을 향해 사나운 눈길부터 날렸다.

말쑥한 연녹색 투피스 차림의 프랑수아즈였다.

「내가 있어도 되나요?」 매그레 부인이 물었다.

「안 될 이유가 어디 있소? 가서 문이나 열어 줘요. 곧 올라올 테니⋯⋯.」

층계가 잠시 소란스러웠다. 뚱뚱한 부인이 씩씩거리며 방으로 들어서더니 손수건을 꺼내 땀부터 닦았다.

「여기가 공증인 아닌 공증인의 방이로구먼!」

천박한 목소리. 목소리뿐만이 아니었다! 나이 마흔다섯 이상은 안 되지 않았을까? 어쨌거나 그녀는 아직 아름다움에 대한 포부를 지니고 있었다. 마치 연극배우처럼 화장을 하고 있었으니까.

약간 무른 입술과 넘쳐흐를 듯 풍만한 살집을 가진 금발의 중년 부인이었다.

매그레는 그녀를 어디선가 이미 본 적이 있는 것 같은 인상을 받았다. 그러다 갑자기 깨달았다. 그녀는 한때 유행했지만 지금은 보기 드문 카페 콘서트[6] 여가수의 전형 그 자체였다! 물씬 풍기는 교태, 꽉 조여 맨 허리, 도발적

6 카페에서 식사나 음료를 들면서 음악, 쇼 따위를 즐길 수 있는 공연.

인 눈길, 훤히 드러낸 우윳빛 어깨, 그리고 엉덩이를 실룩거리며 걷고 연단에서 관중을 바라보듯 상대방을 쳐다보는 특별한 방식까지…….

「보솔레유 부인?」 매그레가 아주 정중하게 물었다. 「이리 앉으시죠……. 프랑수아즈 양, 당신도…….」

하지만 프랑수아즈는 앉지 않았다. 그녀는 폭발 일보 직전이었다.

「미리 알려 드리는데, 전 고소할 거예요! 살아오면서 이런 경우는 처음 봤어요.」

문가에 서 있는 르뒤크의 가련한 표정으로 보아 일이 쉽지 않았다는 것을 짐작할 수 있었다.

「진정해요, 아가씨. 내가 모친을 만나고 싶어 그런 거니 용서하시오…….」

「저분이 제 어머니라고 누가 그래요?」

보솔레유 부인은 상황을 이해하지 못했다. 그녀는 아주 차분한 매그레와 분노로 온몸이 경직된 프랑수아즈를 번갈아 쳐다보았다.

「적어도 난 그렇게 생각해요. 왜냐하면 당신이 역으로 그녀를 마중 갔으니까.」

「프랑수아즈 양은 모친이 이리로 오는 걸 필사적으로 막으려 했다네.」 르뒤크가 양탄자만 뚫어져라 쳐다보며 중얼거렸다.

「그래? 그래서 자넨 어떻게 했나?」

대답을 한 건 프랑수아즈였다.

「우릴 협박했어요. 우리가 도둑이라도 되는 것처럼 체포 영장 운운하면서……. 그 체포 영장, 어서 내놔 봐요, 안 그러면…….」

그녀가 전화기를 향해 손을 뻗었다. 르뒤크가 권한을 넘어서는 행동을 한 건 확실했다. 그래서 그렇게 기도 못 펴고 있었던 것이다.

「두 사람이 역 홀에서 소란을 피울 것 같았다니까!」

「잠깐만, 아가씨. 누구한테 전화를 걸려는 겁니까?」

「……검사장요…….」

「우선 좀 앉아요! 보다시피 난 당신이 전화하는 거 안 말려요. 정반대죠! ……하지만 모든 사람을 위해 아마 너무 서두르지 않는 편이 나을 겁니다…….」

「엄마, 절대 대답하지 마요!」

「난 뭐가 뭔지 도무지 모르겠구나! 근데, 당신, 공증인입니까, 아니면 경찰 반장입니까?」

「반장입니다!」

그녀가 〈그렇다면……〉이라고 말하는 듯한 몸짓을 했다.

그녀가 이미 경찰에 불려 간 적이 있고, 그 국가 기관에 대해 존경심을, 적어도 두려움을 간직하고 있다는 게 느껴졌다.

「전 도통 이유를 모르겠네요. 왜 저를……」

「걱정하실 것 없습니다, 부인. 곧 아시게 될 테니까요. 전 단지 몇 가지 여쭤 볼 게 있어서……」

「상속은 없는 건가요?」

「아직은 모르겠습니다……」

「가증스러워! ……엄마, 대답하지 마요!」 프랑수아즈 가 으르렁거렸다.

그녀는 잠시도 가만히 있질 못했다. 손가락 끝으로 손수건을 쥐어뜯는가 하면, 때때로 르뒤크에게 증오에 찬 눈길을 날리기도 했다.

「직업이 노래하는 예술가이실 것 같은데?」

매그레는 〈노래하는 예술가〉라는 표현이 상대방이 가려워하는 부위를 살살 긁어 주리라는 것을 알고 있었다.

「예, 선생님……. 한때 〈올림피아〉에서 노래를 불렀죠.」

「아닌 게 아니라 부인의 이름이 어렴풋이 기억나는 것 같기도 합니다……. 보솔레유…… 이본, 맞죠……?」

「조제핀, 조제핀 보솔레유! 의사들 말이 제 체질상 따뜻한 곳에서 지내는 게 좋다고 해서 이탈리아, 터키, 시리아, 이집트 등지를 돌아다니며 순회공연을 했죠……」

카페에서 노랫소리가 울려 퍼지던 시절! 그는 파리의 모든 멋쟁이와 장교들이 드나들던, 유행처럼 번진 그런 종류의 업소에서 작은 연단에 서 있는 그녀를 쉽게 떠올릴 수 있었다……. 노래를 끝마친 그녀는 홀로 내려와 술 쟁반을 손에 들고 테이블을 돌아다니며 이런저런 사람들과 어울려 샴페인을 마셨으리라.

「그러다 알제리까지 가신 겁니까?」

「예! 카이로에서 큰딸을 낳았어요.」

프랑수아즈는 금방이라도 신경 발작을 일으키거나 매그레에게 달려들 것 같았다!

「아이 아버지는 모르시고요?」

「천만에요, 아주 잘 알았어요! 영국 장교였는데, 소속이…….」

「그러고는 알제리에서 둘째 딸인 프랑수아즈 양을 낳으셨군요…….」

「예……. 출산과 함께 제 여가수 경력도 끝이 났죠. 제법 오랫동안 병을 앓았거든요. 회복되었을 때는 목소리를 잃고 말았죠.」

「그 후에는……?」

「프랑수아즈의 아버지가 프랑스로 불려 갈 때까지 절 돌봐 줬어요. 세관 공무원이었거든요…….」

매그레가 생각했던 모든 것이 확인되었다. 이제 그는 어머니와 두 딸의 알제 생활을 어렵지 않게 재구성할 수 있었다. 여전히 육감적이었던 조제핀 보솔레유에게는 의지할 수 있는 남자 친구들이 있었고, 두 딸은 무럭무럭 자라 갔다…….

두 딸도 자연스럽게 엄마가 걸었던 길을 따라가지 않았을까?

당시 큰딸은 열여섯 살이었다…….

「전 아이들을 무용수로 만들고 싶었어요! 춤이 노래보다는 훨씬 전망이 좋았거든요! 특히 외국에서는! 제르멘은 알제에 자리 잡은 옛 동료에게 레슨을 받기 시작했어요.」

「그런데 시름시름 앓기 시작했죠…….」

「그 아이가 말해 주던가요? ……그래요, 그 아이가 원래 비실비실했어요. 아마 갓난아이 때 여행을 너무 많이 해서 그럴 거예요! 유모 손에 맡기고 싶지 않았거든요. 그래서 기차 그물 짐칸 사이에 일종의 요람 같은 걸 걸어 놓고서 데리고 다녔더니…….」

요컨대, 그녀는 억척같은 여자였다! 그녀는 이제 아주 편안해 보였다! 그래서 딸이 왜 그렇게 화를 내지는 이해하지 못하는 것 같았다! 경찰 반장이 자신을 아주 공손하고 친절하게 대하지 않았는가? 게다가 그는 그녀도 금방 알아들을 수 있는 아주 쉬운 언어를 사용했다!

그녀는 예술가였고, 여행을 했다. 그러다 남자들을 만났고, 아이들을 가졌다. 지극히 당연한 일 아닌가?

「폐가 안 좋았나요?」

「아뇨! 머리였어요. 머리가 아프다고 늘 칭얼댔죠…….

그러던 어느 날 뇌막염에 걸려 병원으로 급히 옮겨야 했어요.」

얘기는 거기서 멈췄다! 그때까지는 사연이 술술 풀려 나왔지만, 이제 조제핀 보솔레유는 결정적인 지점에 도달해 있었다. 그녀는 무슨 말을 해야 할지 더는 알지 못했다. 그녀가 눈으로 프랑수아즈를 찾았다.

「반장은 엄마를 심문할 권리가 없어요! 더 이상 대답하지 마요.」

말이야 쉽지! 경찰과 등지는 게 위험하다는 것을 그녀는 잘 알고 있었다. 게다가 그녀는 가능하면 모든 사람을 만족시켜 주고 싶었을 것이다.

그사이 냉정을 되찾은 르뒤크가 매그레에게 〈잘 풀려가고 있어!〉라는 의미의 눈짓을 했다.

「제 말 잘 들으세요, 부인……. 말씀을 하셔도 되고 안 하셔도 됩니다. 그건 부인의 권리니까요. 하지만 그렇다고 해서 그게 여기가 아닌 다른 곳, 예를 들어 중죄 재판소 같은 곳에서 부인께 말을 하도록 강요하지 않을 거라는 뜻은 아닙니다…….」

「난 아무 짓도 안 했어요!」

「그러니까요! 그래서 제 생각에는 가장 현명한 처신은 말을 하는 겁니다. 그리고 당신, 프랑수아즈 양…….」

그녀는 듣지 않았다. 이미 수화기를 들고 있었으니까.

그녀는 불안에 찬 목소리로 말을 하고, 마치 달려들어 수화기를 빼앗을까 봐 두렵다는 듯 르뒤크를 힐끔힐끔 쳐다보았다.

「여보세요? ……그 사람, 병원에 갔어요? ……상관없어요! 당장 그에게 전화해요. 잠시도 지체하지 말고 호텔 당글르테르로 와달라고 전해 줘요. ……그래요! 무슨 말인지 알 거예요. ……프랑수아즈가 전화했다고 해요!」

그녀가 잠시 더 귀를 기울이다 수화기를 내려놓고는 어디 해볼 테면 해보라는 듯이 매서운 눈초리로 매그레를 노려보았다.

「그가 올 거예요. 말하지 마, 엄마……」

그녀는 부들부들 떨고 있었다. 이마에는 진주 같은 땀방울들이 맺혔고, 짧은 밤색 머리카락이 관자놀이에 들러붙었다.

「그게 있잖아요, 반장님……」 조제핀 보솔레유는 망설이고 있었다.

「프랑수아즈 양……. 보다시피 난 당신이 전화하는 걸 막지 않았소. 정반대였지! 이제 당신 어머니를 심문하는 것도 그만두겠소……. 내가 충고 하나 해줄까요? 이왕 부르는 김에 지금 집에 있는 뒤우르소 씨도 불러요.」

그녀는 반장의 속셈을 간파하려고 머리를 굴렸다. 그러고는 잠시 망설이다 신경질적인 동작으로 수화기를 들었다.

「여보세요! 167번 좀 대주세요……」

「이리 좀 와보게, 르뒤크.」

매그레는 그의 귀에 대고 뭐라고 속삭였다. 르뒤크는 깜짝 놀란 듯 보였다.

「그러니까 자네 생각에는……?」

르뒤크가 방을 나섰고, 곧이어 사람들은 그가 자동차 시동을 걸기 위해 크랭크 핸들을 돌리는 것을 볼 수 있었다.

「저, 프랑수아즈예요. ……예. 매그레 반장 방에서 전화드리는 거예요. 저희 어머니가 오셨어요. ……예! 반장이 당신에게 전화를 해서 오라고 하래요. ……아뇨! ……아뇨! ……맹세컨대 안 했어요!」

〈아뇨〉라는 말이 폭포수처럼 힘차게, 그리고 불안하게 터져 나왔다.

「아니라니까요!」

그녀는 완전히 경직된 채 탁자 옆에 서 있었다.

파이프에 불을 붙인 매그레는 히죽히죽 웃으며 그녀를 쳐다보았고, 그사이 조제핀 보솔레유는 얼굴에 분을 발랐다.

10
쪽지

한동안 침묵이 이어졌다. 한순간, 매그레는 광장 쪽을 내다보던 프랑수아즈가 갑자기 인상을 찡그리고는 고개를 홱 돌리는 것을 보았다.

리보 부인이 광장을 가로질러 호텔을 향해 허겁지겁 달려오고 있었다. 착시 현상이었을까? 아니면 뭔가 심각한 일이 벌어지고 있다는 사실이 모든 것을 어두운 색으로 채색했을까? 어쨌든 멀리서 본 리보 부인은 비극의 인물을 떠올리게 했다. 그녀는 저항할 수 없는 어떤 보이지 않는 힘에 떠밀려 오는 것처럼 보였다.

곧 그녀의 얼굴을 구별할 수 있었다. 그 얼굴은 창백했다. 머리카락은 마구 헝클어져 있었고, 외투는 단추도 채우지 않은 상태였다.

「제르멘이 오네……. 내가 여기 있다고 누가 얘길 해준 모양이군…….」 마침내 보솔레유 부인이 말했다.

매그레 부인이 무의식적으로 문을 열어 주러 갔다. 리보 부인을 가까이에서 봤을 때, 그들은 그녀가 정말로 비극의 순간을 겪고 있다는 것을 알아차렸다.

그럼에도 그녀는 차분해 보이려고, 웃으려고 무진 애를 썼다. 하지만 그녀의 눈길은 미망(迷妄) 속을 헤매고 있었다. 그녀의 얼굴이 갑자기 억누를 수 없는 전율로 일그러졌다.

「죄송해요, 반장님……. 제 어머니와 동생이 여기 있다고 해서…….」

「누가 그러던가요?」

「누가 그랬느냐고요……?」 그녀가 부들부들 떨며 반복했다.

그녀와 프랑수아즈는 너무 달랐다! 리보 부인은 희생된 여자, 서민의 행동거지를 간직하고 있는 여자, 필시 사람들이 마구 대했을 여자였다. 그녀의 어머니조차도 약간은 멸시 어린 눈길로 그녀를 쳐다보았다.

「이런, 누가 말해 줬는지도 몰라?」

「길에서 만난 사람이…….」

「네 남편이 아니고?」

「오, 아니에요! ……아니에요! 맹세코 아니에요…….」

매그레는 불안이 감도는 눈길로 세 여자를 번갈아 쳐다보고는 광장을 내다봤다. 르뒤크가 아직 도착하지 않고 있었다. 이게 뭘 의미하는 걸까? 반장은 박사를 자신의 통제하에 두고 싶었다. 그래서 르뒤크에게 그를 감시하라는, 그리고 되도록이면 호텔로 데려오라는 임무를 맡겼던 것이다.

그는 아내에게는 신경을 쓰지 않고, 미친 듯이 달려와 먼지가 뽀얗게 묻은 리보 부인의 신발을, 이어서 프랑수아즈의 핼쑥한 얼굴을 쳐다보았다.

그런데 갑자기 매그레 부인이 다가와 몸을 숙이고는 그의 귀에 대고 속삭였다.

「당신 파이프 이리 줘요……」

싫다고 하려던 그는 그녀가 시트 위에 종잇조각을 슬쩍 떨어뜨리는 것을 보았다.

리보 부인이 방금 프랑수아즈에게 쪽지를 전했어요. 그 쪽지는 프랑수아즈가 손에 쥐고 있어요.

바깥에는 태양이 빛나고 있었다. 도시의 소음들이 매그레가 훤히 꿰고 있는 관현악을 연주했다. 보솔레유 부인은 올바로 처신할 줄 아는 여자로서 의자에 꼿꼿하게 앉아 기다리고 있었다. 반면에 어떤 태도를 취해야 할지 몰라 우물쭈물대는 리보 부인은 수업 중에 딴짓을 하다 들켜 주눅이 든 여학생을 떠올리게 했다.

「프랑수아즈 양……」 매그레가 입을 열었다.

그녀가 머리끝에서 발끝까지 부르르 떨었다. 찰나의 순간, 그녀의 눈길이 매그레의 눈길과 마주쳤다. 열심히 머리를 굴리는 차갑고 영악한 눈길이었다.

「이리 가까이 와봐요……」

용감한 매그레 부인! 어떤 일이 벌어질지 내다봤던 것일까? 그녀는 슬그머니 문 쪽으로 가 퇴로를 봉쇄하려 했다. 하지만 프랑수아즈가 더 빨랐다. 그녀가 펄쩍 뛰어 방을 벗어나더니 복도를 달려가 층계로 몸을 날렸다.

「저 애가 왜 저래?」 조제핀 보솔레유가 황당해했다.

매그레는 움직이지 않았다. 아니, 움직일 수가 없었다. 도망자를 잡으라고 아내를 보낼 수도 없었다.

「남편이 언제 쪽지를 줬습니까?」 그는 리보 부인에게 이렇게 묻는 것으로 만족했다.

「무슨 쪽지요?」

피차 괴로운 심문을 시작해서 뭐하겠는가? 매그레가 아내를 불렀다.

「어서 호텔 뒤쪽으로 나 있는 창문으로 가봐요.」

바로 그 순간 검사장이 방으로 들어섰다. 어딘지 어색해 보이는 모습으로. 두려웠기 때문인지 그는 의도적으로 아주 근엄한, 거의 위협적인 표정을 짓고 있었다.

「전화를 받았는데, 날 이리로 오라고……」

「우선 좀 앉으세요, 뒤우르소 씨.」

「그런데…… 나에게 전화를 한 사람은…….」

「프랑수아즈는 금방 달아났어요. 이미 잡혔을지도 모르죠. 정반대도 가능하고요! 좀 앉으세요. 보솔레유 부인과는 구면이시죠, 아닌가요?」

「내가? ……천만에!」

그는 매그레의 눈길을 좇으려고 애썼다. 왜냐하면 반장이 다른 것을 생각하면서, 즉 그 자신에게만 존재하는 광경을 머릿속으로 그리면서 그저 말을 하기 위해 말을 한다는 느낌이 들었기 때문이었다. 매그레는 광장을 내다보고, 귀를 기울이고, 리보 부인을 뚫어져라 쳐다보았다.

갑자기 호텔 내부에서 소란이 일었다. 사람들이 층계를 뛰어다니기 시작했다. 문들이 쾅쾅 닫혔다. 얼핏 총소리가 들린 것 같기도 했다.

「이게 도대체…… 무슨……?」

비명과 접시 깨지는 소리. 위층에서 또다시 추격전이 벌어지는 소리가 들려오더니, 유리창 하나가 와장창 깨지며 유리 조각들이 인도로 쏟아졌다.

매그레 부인이 황급히 방으로 들어오더니 열쇠를 돌려 문을 잠갔다.

「르뒤크가 그들을…….」 그녀가 헐떡이며 말했다.

「르뒤크가 어쨌다고요?」 검사장이 수상하게 여기며

물었다.

「박사의 차가 호텔 뒤쪽 골목에 있었어요. 박사가 거기서 프랑수아즈를 기다리고 있었죠. 그녀가 문을 나서 차에 올라타려는 순간, 르뒤크의 낡은 포드가 도착했어요. 난 하마터면 그에게 서두르라고 소리칠 뻔했어요. 그가 차 안에 앉아 있는 걸 봤는데…… 그도 나름대로 생각이 있었는지, 차분하게 총을 쏴 그들의 차 타이어에 펑크를 냈어요.

그 두 사람은 어디로 가야 할지 몰라 허둥댔어요. 박사가 풍향계처럼 사방을 둘러봤죠……. 르뒤크가 권총을 손에 들고 차에서 내리는 걸 본 그는 여자를 호텔 안으로 떠밀고는 함께 뛰기 시작했어요. 르뒤크가 그들을 쫓아 복도를 내달렸고…… 그들은 지금 저 위에 있어요.」

「전 아직도 도무지 이해가 안 돼요!」 얼굴이 사색이 된 검사장이 말했다.

「앞서 있었던 일들? 아주 쉬워요! 제가 신문에 광고문을 실어 보솔레유 부인을 이리로 오시게 합니다. 이 만남을 원치 않는 박사는 어머니가 여기로 오지 못하게 하라며 프랑수아즈를 역으로 보내죠.

전 그걸 예상했습니다. 그래서 르뒤크를 보내 플랫폼을 지키게 했죠. 그는 한 명이 아니라 둘 모두를 여기로 데려옵니다.

모든 게 얼마나 논리적으로 이어지는지 보시게 될 겁니다……. 일이 글렀다는 것을 직감한 프랑수아즈는 형부에게 전화를 걸어 이리로 오라고 요구합니다.

전 리보 박사를 감시하기 위해 르뒤크를 보냅니다. 르뒤크가 너무 늦게, 박사가 이미 떠난 후에 병원에 도착합니다……. 박사는 집에 있어요……. 그가 프랑수아즈에게 보내는 쪽지를 써서 아내에게 이곳으로 달려와 그녀에게 몰래 전해 주라고 시킵니다.

이해하시겠습니까? 그는 호텔 뒤쪽 골목에 차를 대고 있어요……. 프랑수아즈와 함께 떠나기 위해 기다립니다……. 30초만 더 빨랐어도 그들은 달아났을 겁니다. 근데 바로 그때 낡은 포드를 끌고 도착한 르뒤크가 눈앞에서 일어나고 있는 일이 수상쩍다고 여기고는 총을 쏴 타이어에 펑크를 냅니다.」

그가 말을 하는 동안, 호텔을 지배하던 소란이 몇 초 동안 더 격렬해졌다. 저 위였다. 하지만 도대체 무슨 일이?

그러다 갑자기 쥐죽은 듯한 고요! 모두가 꼼짝 않고 숨을 죽일 정도의 정적.

위층에서 명령을 내리는 르뒤크의 목소리가 들려왔다. 하지만 그가 뭐라고 하는지는 알아들을 수가 없었다.

뭔가가 부딪히는 묵직한 소리. 또 한 번…… 또 한 번……

마침내 우지끈 문짝이 떨어져 나가는 요란한 소리…….

그들은 또다시 소리가 들려오길 기다렸고, 그 기다림은 고통스러웠다. 저 위에 있는 사람들은 왜 더 이상 움직이지 않을까? 왜 마룻바닥에서 단 한 사람의 느리고 차분한 발소리만 들려오는 걸까?

리보 부인이 눈을 휘둥그레 떴고, 검사장은 콧수염을 잡아당기고 있었다. 조제핀 보솔레유는 신경이 곤두서 울음을 터뜨리기 직전이었다.

「그들은 아마 죽었을 겁니다!」 천장을 올려다보며 매그레가 천천히 말했다.

리보 부인이 일그러진 얼굴과 미친 눈을 하고 매그레에게 달려들었다.

「사실이 아냐! 사실이 아니라고 말해 줘요…….」

또다시 발소리……. 문이 열렸다……. 르뒤크가 들어왔다. 이마로 흘러내린 머리 타래, 반쯤 찢어진 상의, 음울한 표정.

「죽었나?」

「둘 다!」

그가 팔을 뻗어 문을 나서려는 리보 부인을 붙들었다.

「지금 말고 나중에…….」

「사실이 아냐! 사실이 아니라는 건 내가 잘 알아요! 그이를 보고 싶어요⋯⋯.」

그녀는 기진맥진한 상태였다. 그녀의 어머니도 더 이상 어떤 태도를 취해야 할지 알지 못했다.

뒤우르소 씨는 멍한 눈길로 양탄자만 뚫어지게 쳐다보고 있었다. 두 사람이 죽었다는 소식에 가장 큰 충격을 받은 사람이 그라고 여겨질 정도로.

「둘 다 죽다니, 어떻게⋯⋯?」 그가 마침내 르뒤크를 돌아보며 더듬거렸다.

「제가 층계와 복도로 그들을 추격했습니다. 그들은 따라잡히기 전에 열려 있는 한 객실로 들어가 문을 잠갔어요⋯⋯. 문짝을 부수고 들어가려면 제 힘으로는 어림도 없을 것 같아서⋯⋯ 힘이 좋은 호텔 사장을 불러오라고 했죠. 전 열쇠 구멍으로 그들을 볼 수 있었어요⋯⋯.」

제르멘 리보가 정신 나간 표정으로 르뒤크를 쳐다보았다. 그는 얘기를 계속해야 하는지 물어보려는 듯 매그레의 눈길을 찾았다.

계속하지 않을 이유가 어디 있는가? 끝까지 가야 하지 않을까? 비극의 끝까지, 진실의 끝까지!

「그들은 서로 목을 졸랐어요⋯⋯. 특히 박사의 품에 안긴 그녀는 제정신이 아니었죠⋯⋯. 그녀가 이렇게 말하는 게 들렸어요.

〈난 싫어⋯⋯. 이건 아냐! ⋯⋯싫어! ⋯⋯차라리⋯⋯〉

그녀가 박사의 주머니에 들어 있던 권총을 꺼냈어요. 그러고는…… 이렇게 말했죠.

〈쏴요……. 키스하면서 쏴줘요…….〉

호텔 사장이 도착하는 바람에 그다음은 못 봤어요.」

그가 땀을 닦았다. 바지 속 다리가 후들거리는 게 보였다.

「20초도 채 안 지났는데, 너무 늦었어요. 내가 몸을 숙여 들여다봤을 때 리보는 이미 죽어 있었어요…… 프랑수아즈는 두 눈을 크게 뜨고 있었죠……. 처음에는 다 끝났다고 생각했는데, 전혀 예상치 못한 순간에…….」

「순간에?」 검사장은 거의 오열하다시피 했다.

「……저를 보고 웃었어요……. 문짝을 통로에 비스듬히 걸쳐 놓게 했으니…… 사람들이 아무것도 건드리지 않을 겁니다. 병원에는 이미 연락을 취했고요…….」

조제핀 보솔레유는 아직도 사태 파악이 안 되는 모양이었다. 그녀가 넋이 나간 표정으로 르뒤크를 멍하니 쳐다보았다. 그러다 매그레를 향해 돌아보며 꿈꾸는 듯한 목소리로 말했다.

「이럴 수는 없어요, 안 그래요?」

사건은 침대에 누워 꼼짝 않는 매그레를 중심으로 사방에서 한꺼번에 벌어졌던 것이다. 문이 열렸다. 호텔 사장이 벌겋게 상기된 얼굴을 내밀었다. 그가 입을 열자 술 냄새가 폴폴 풍겼다.

아마 정신을 차리기 위해 카운터로 가서 큰 걸로 한 잔 벌컥벌컥 들이켠 모양이었다. 더럽혀진 흰색 상의 어깻죽지가 찢어져 있었다.

「의사가 도착했는데…… 올려 보내도……?」

「내가 가죠!」 르뒤크가 마지못해 말했다.

「여기 계셨어요, 검사장님? ……알고 계세요? ……검사장님이 직접 보셨다면! 온몸에 있는 모든 눈물이 다 나올 지경이라니까요. 둘 다 얼마나 아름다운지! 마치…….」

「쓸데없는 소리 작작 하고 그만 가봐요!」 매그레가 소리쳤다.

「호텔 문을 걸어 잠가야 할까요? 벌써 광장에 사람들이 모여들기 시작해요. 반장님은 사무실에 안 계시고……. 순경들이 오고 있긴 하지만…….」

매그레가 눈으로 리보 부인을 찾았을 때, 그녀는 이미 매그레 부인의 침대에 누워 베개에 얼굴을 묻고 있었다. 그녀는 울지 않았다. 오열하지도 않았다. 그녀는 상처 입은 짐승이 끙끙거리는 것처럼 음산하고 긴 신음 소리를 내뱉고 있었다.

보솔레유 부인이 눈물을 닦으며 일어나더니 기운을 내 물었다.

「그들을 보러 가도 될까요?」

「조금 있다가…… 의사가 일을 마치면……」

매그레 부인은 마땅히 제르멘 리보를 위로해 줄 말을 찾지 못한 채 그녀 주위를 맴돌고 있었다. 검사장이 한숨 쉬듯 말했다.

「그러게 내가 말했잖소……」

거리의 소음이 방까지 들려왔다. 자전거를 타고 도착한 순경 둘이 구경꾼들을 쫓고 있었다. 몇몇은 항의하기까지 했다.

매그레는 바깥을 내다보며, 정확하게는 그가 결국 모든 손님의 면면을 알게 된 작은 식료품점을 쳐다보며 — 하지만 그의 눈에는 아무것도 들어오지 않았다 — 파이프를 채웠다.

「아이는 보르도에 놓고 왔죠, 보솔레유 부인?」

「아…… 예……」

「세 살 정도 됐을 것 같은데, 아닌가요?」

「두 살……」

「사내아이?」

「계집아이…… 하지만……」

「프랑수아즈의 아이 맞죠?」

그러자 검사장이 결연한 표정으로 일어섰다.

「반장, 그 얘긴 나중에……」

「그러죠…… 나중에……. 그보다는 제가 첫 외출을 하

게 되면 그때 댁으로 찾아뵙도록 하죠.」

검사장은 한시름 던 듯 보였다.

「그때쯤이면 모든 게 끝나 있을 겁니다……. 내가 무슨 소릴 하는 거야? 지금 벌써 모든 게 끝났죠, 안 그렇습니까? ……검찰이 출두해야 할 저 위층이 당신 자리라고 생각지 않으십니까?」

검사장은 서두르느라 인사하는 것도 잊었다. 그는 갑자기 벌이 끝났다는 걸 통보받은 학생처럼 부리나케 달아났다.

문이 닫히자, 또다시 내밀한 분위기가 형성됐다. 제르멘은 여전히 신음하고 있었다. 그녀는 이마에 찬물을 적신 수건을 올려놓는 매그레 부인의 배려는 무시하다시피 했다. 오히려 신경질적인 몸짓으로 수건을 뿌리쳤고, 물은 서서히 베개를 적셨다.

또 다른 여자, 조제핀 보솔레유가 한숨을 내쉬며 매그레 곁에 다시 앉았다.

「이럴 줄 누가 알았겠어!」

사실 그녀는 선량한 여자였다! 타고난 도덕성을 지닌! 그녀는 평생 그것을 정상적인 것, 자연스러운 것이라 여겼다! 그런 그녀를 원망할 수 있을까?

뜨거운 눈물이 중년 부인의 주름진 눈꺼풀을 부풀리기 시작했다. 그러고는 곧 분을 지우며 두 뺨 위로 흘러내렸다.

「둘째를 편애하셨죠…….」

그녀는 듣고 있지도 않을 — 사실이 그랬다 — 제르멘은 전혀 개의치 않았다.

「당연하잖아요! 그 아이는 너무나 예쁘고 섬세했어요! 제르멘하고는 비교도 안 될 정도로 영리했고요! 제르멘의 잘못이 아니에요! 저 애는 늘 아팠거든요. 그래서 발달이 덜 됐죠……. 박사가 제르멘과 결혼하고 싶어 했을 때, 프랑수아즈는 너무 어렸어요. 겨우 열여섯 살이었거든요……. 믿고 안 믿고는 반장님 마음이지만, 전 나중에 뭔 일이 나도 날 거라고 짐작했어요……. 근데 그 일이 일어나고 만 거예요.」

「알제에서는 리보가 뭐라고 불렸죠?」

「마이어 박사요……. 더 이상 속일 필요가 없을 것 같네요……. 이 모든 게 반장님 작품이라면, 그것도 이미 알고 있다는 뜻이겠죠…….」

「아버지를 병원에서 탈출시킨 것도 그의 짓입니까? 사무엘 마이어 말입니다.」

「예, 그래요……. 박사와 제르멘의 관계가 시작된 것도 그 일 때문이었어요. 뇌막염 병실에는 환자가 셋밖에 없었어요. 제 딸, 사무엘, 그리고 또 한 사람……. 어느 날 밤, 박사가 일을 꾸며서 병원에 불을 냈어요. 그는 늘 또

한 명의 환자, 우리가 불길 속에 놓고 온 사람, 그리고 나
중에 마이어로 여겨졌던 사람이 이미 죽어 있었다고 맹세
했죠. 전 그의 말을 믿고 싶어요. 그렇게 나쁜 사람은 아
니었으니까요……. 그는 멍청한 짓만 골라서 한 아버지를
더 이상 돌보지 않을 수도 있었어요…….」

「이해합니다! 그러니까 그 환자가 사망자 명부에 사무
엘 마이어로 등록됐던 거로군요. 박사는 제르멘과 결혼
했고…… 당신들을 모두 프랑스로 데려왔군요.」

「곧바로는 아니었어요. 스페인에 잠시 머물렀죠. 그는
좀처럼 오지 않는 서류들을 기다렸어요.」

「사무엘은?」

「유럽에는 두 번 다시 발을 들여놓지 말라는 충고와 함
께 미국으로 보냈어요. 그는 그때 벌써 정신이 온전한 사
람 같지 않았어요.」

「마침내 부인의 사위가 리보라는 성으로 된 서류를 받
았군요. 그는 아내와 처제를 데리고 이곳에 와서 정착했
어요. 그럼 당신은?」

「그는 내가 보르도에서 지낼 수 있게 주기적으로 돈을
부쳐 줬어요. 전 예를 들어 마르세유나 니스, 특히 니스가
더 마음에 들었어요! 하지만 그는 저를 손이 미치는 곳에
두고 싶어 했죠. 그는 쉬지 않고 일했어요. 사람들이 그에
대해 어떻게 말을 할진 몰라도, 그는 무슨 일이 있어도 환

자에게 해를 끼치지는 않았을 훌륭한 의사였어요.」

바깥에서 들려오는 소란을 피하기 위해 매그레는 창문을 닫았다. 방열기들이 뜨겁게 달아올랐고, 파이프 담배 냄새가 방을 가득 메웠다.

제르멘이 여전히 어린아이처럼 신음하는 가운데, 그의 어머니가 설명을 이어 갔다.

「개두 수술을 받은 이후로 제르멘의 상태가 이전보다 더 나빠졌어요. 그 전에도 이미 쾌활하진 않았지만…… 생각해 보세요! 침대에 누워 평생을 보낸 아이를요! 그 후로는 걸핏하면 눈물부터 흘렸어요. 그리고 세상 모든 걸 무서워했죠…….」

그런데도 베르주라크 사람들은 아무것도 알아차리지 못했던 것이다! 그 파란만장하고 극적인 삶이 작은 도시에 정착한 의사의 삶에 이식되었는데도, 그것을 짐작한 사람이 아무도 없었던 것이다!

사람들은 말했다. 〈박사의 집…… 박사의 자동차…… 박사의 부인…… 박사의 처제…….〉

그러고는 아담하고 깨끗한 집, 보닛이 긴 고급 브랜드의 자동차, 운동선수처럼 몸매가 잘 빠진 아가씨, 약간 지쳐 보이는 부인만을 보았다.

그사이, 보솔레유 부인은 보르도의 한 고급 아파트에서 사연 많은 삶의 말년을 평화롭게 보내고 있었다. 평생 당장 내일을 걱정하며 살았던 그녀가, 수많은 남자들의 변덕에 의존해 연명했던 그녀가 마침내 연금 생활자처럼 여유롭게 생활할 수 있었던 것이다!

그녀는 자기 동네에서 대접을 받고 살 터였다. 나름대로 자기만의 습관들도 있고, 때가 되면 어김없이 청구서 대금을 지불했다. 자식들이 그녀를 보러 올 때면 멋진 자동차를 타고 왔다…….

그런데 이제 그녀가 또다시 눈물을 흘렸다. 그녀는 거의 전체가 레이스로 된, 너무 작은 손수건에 코를 풀었다.

「반장님이 프랑수아즈에 대해 제대로 아셨다면…….
예를 들어 그 아이가 내 집으로 출산을 하러 왔을 때…….
그 애가 내 집에서 아이를 낳았거든요. 제르멘 앞에서도 말할 수 있어요! 저 애도 다 알고 있으니까…….」

매그레 부인이 아연실색한 표정으로 듣고 있었다. 그녀에게 그것은 상상조차 할 수 없는 세계의 발견이었다.

차들이 창문 아래 늘어서 있었다. 이미 와 있던 법의학자 외에도 수사 판사, 서기, 그리고 이웃 마을에 선 장에 토끼를 사러 갔다가 뒤늦게 연락을 받고 부리나케 달려온 현지 경찰 반장까지 도착했던 것이다.

누가 문을 두드렸다. 르뒤크가 들어가도 되는지 묻는 듯한 소심한 눈길로 매그레를 쳐다보았다.

「우리 좀 놔둬 주겠나, 친구?」

될 수 있으면 그 내밀한 분위기를 깨지 말아야 했다. 하지만 르뒤르크가 침대로 다가와 낮은 목소리로 말했다.

「보솔레유 모녀가 아직도 저 위에 쓰러져 있는 그대로의 그들을 보길 원하는지 알고 싶어서……」

「아닐세! 아냐!」

그 처참한 모습은 봐서 뭐하겠는가? 보솔레유 부인은 불청객이 나가기만을 기다리고 있었다. 그녀는 어서 하던 얘기를 계속하고 싶어 했다. 침대에 누워 호의에 찬 눈길로 자신을 바라보는 이 뚱뚱한 남자와 있으면 왠지 마음이 편했다.

그는 그녀를 이해했다. 놀라워하지도 않았고, 우스꽝스러운 질문을 던지지도 않았다.

「프랑수아즈 얘길 하던 중이었던 것 같은데……」

「예……. 그러니까 아이가 태어났을 때……. 근데…… 아직 모든 걸 알지는 못하시는 것 같……」

「알고 있습니다!」

「그 아이가 자기 입으로 말하던가요?」

「뒤우르소 씨도 거기 있었죠?」

「예! 그토록 초조해하는 남자는 생전 처음 봤어요. 산모가 죽을 위험이 상존하기 때문에 아이를 낳게 하는 건 범죄라고 말할 정도였으니까요……. 그는 산모가 내지르는 비명에 귀를 기울였어요……. 제가 술을 갖다 줘도 아무 소용이 없었죠.」

「부인 아파트가 넓습니까?」

「방 세 개짜리……」

「산파도 있었나요?」

「예……. 리보는 혼자 모든 것을 책임지길 원치 않았어요. 그래서……」

「아파트가 항구 근처에 있습니까?」

「다리 바로 옆 작은 도로에……」

그것은 매그레가 마치 그 자리에 있는 것처럼 생생하게 떠올릴 수 있는 장면이었다. 하지만 동시에 그는 또 다른 장면을 떠올렸다. 바로 그 순간, 그의 머리 위에서 펼쳐진 장면.

의사가 장의사에서 나온 사람들의 도움을 받아 억지로 떼어 놓고 있는 리보와 프랑수아즈…….

검사장의 안색은 서기가 떨리는 손으로 작성하는 서류용지보다 더 창백할 터였다…….

그리고 한 시간 전만 해도 시장에서 토끼에만 정신이 팔려 있었을 경찰 반장!

「딸이라는 것을 안 뒤우르소 씨는 제 가슴에 머리를 기대고 울기 시작했어요. 그건 제가 지금 여기 있는 것만큼이나 사실이에요. 그가 쓰러지지나 않을까 염려가 될 정도였죠. 그를 방에 들여보내지 않으려고 애는 썼지만……」

그녀가 또다시 말을 멈추고는 불신의 눈초리로 매그레를 슬쩍 쳐다보았다.

「전 늘 최선을 다한 가엾은 여자에 지나지 않아요. 팔자가 아무리 기구하기로서니……」

제르멘 리보는 이제 신음을 멈추고 침대에 걸터앉아 앞만 멍하니 쳐다보고 있었다.

그것은 가장 견뎌 내기 힘든 순간이었다. 사람들이 시신들을 들것에 실어 옮기고 있었다. 들것이 벽에 부딪히는 소리가 들려왔다.

그리고 계단을 한 칸씩 내려가는 인부들의 무겁고 조심스러운 발걸음……

목소리 하나가 말했다.

「난간 조심해……」

잠시 후 누가 문을 두드렸다. 르뒤크가 술 냄새를 폴폴 풍기며 더듬거렸다.

「다 끝났네……」

아닌 게 아니라 바깥에서 자동차 출발하는 소리가 들려왔다.

11
아버지

「매그레 반장이 왔다고 전하시오!」

그는 자기도 모르게 히죽히죽 웃었다. 그것이 첫 외출이었고, 다른 모든 사람들처럼 걸을 수 있어서 행복했으니까! 그는 첫걸음을 내딛는 아이처럼 그것이 자랑스럽기까지 했다!

하지만 아직은 힘에 부쳐 거동이 부자연스럽고 때로는 비틀거리기도 했다. 하인이 깜박 잊고 앉기를 권하지 않았기 때문에 그는 스스로 의자 하나를 끌어당겨야만 했다. 벌써 불안한 땀방울이 이마에 맺히는 게 느껴졌다.

시중꾼은 정말로 줄무늬 조끼를 입고 있었다! 그는 한 단계 높은 계급으로 승진한 것에 대해 정신 나간 자부심을 느끼는 농부의 상판을 하고 있었다!

「수고스러우시겠지만 잠시 저를 따라와 주시면…… 검사장님께서 곧 선생님을 맞이하실 겁니다.」

시중꾼은 층계를 오르는 일이 얼마나 힘들 수 있는지 전혀 짐작하지 못했다. 매그레는 난간을 붙들고 매달렸다. 그렇게 용을 쓰다 보니 더웠다. 그는 계단 수를 셌다.

아직 여덟 단……

「이리로……. 잠시만……」

검사장의 집은 매그레가 상상한 대로였다. 그는 수도 없이 떠올렸던 바로 그 2층 서재에 와 있었다! 니스 칠을 한 굵은 참나무 들보들이 지나가는 흰색 천장. 엄청난 크기의 난로. 특히 사방의 벽을 뒤덮고 있는 책장들…….

그곳에는 아무도 없었다. 집 안에서는 발소리조차 들려오지 않았다. 모든 마룻바닥에 두꺼운 양탄자가 깔려 있었기 때문이다.

매그레는 어서 앉고 싶었음에도 아래쪽에 금속 격자와 녹색 커튼을 달아 책이 안 보이게 해놓은 책장 쪽으로 걸어갔다. 그는 끙끙대며 격자 사이로 손가락을 집어넣어 커튼을 벗겼다. 그 뒤에는 이제 빈 선반들 외에는 아무것도 없었다!

그가 돌아보자, 뒤우르소 씨가 우두커니 서서 그 모습을 지켜보고 있었다.

「솔직히…… 이틀 전부터 당신을 기다리고 있었소……」

그는 그사이 10킬로그램은 족히 빠진 것 같았다! 양볼이 홀쭉하게 들어갔고, 특히 입가의 주름이 두 배는 더 깊어진 듯 보였다.

「우선 좀 앉으시오.」

뒤우르소 씨는 불편해했다. 방문객을 감히 마주 쳐다보지 못했다. 그는 늘 앉는 자리, 서류들이 잔뜩 쌓여 있는 책상에 가서 앉았다.

매그레는 자비를 베풀어 단 몇 마디로 빨리 끝내는 게 낫겠다고 판단했다. 검사장은 여러 번 그에게 실례를 범했다. 그리고 그는 여러 차례 검사장에게 복수를 했다. 지금, 그는 그것이 거의 후회스러울 정도였다. 예순다섯 살의 남자가 그 큰 집에서 홀로, 자신이 최고위 법관으로 있는 도시에서 홀로, 따분한 생활 속에서 홀로…….

「책들은 태워 버리셨나 보군요.」

대답은 없었다. 노인의 광대뼈가 살짝 붉어졌을 뿐.

「우선 이번 사건의 사법적인 부분부터 마무리 짓게 허락해 주십시오. 지금 이 시점에 와서는 아마 모든 사람이 그 부분에 동의할 겁니다…….

제가 부르주아 모험가라고 부를 인물, 다시 말해 돈만 된다면 법으로 금지된 일도 마다 않는 상인이었던 사무엘 마이어는 아들을 유력 인사로 키우고자 하는 야심을 품었습니다……. 의학을 공부해 의사가 된 아들 마이어는 마르텔 교수의 조수가 됩니다. 그에게는 미래의 모든 꿈이 허락되었죠…….

제1막: 알제. 아버지 마이어가 공모자 둘로부터 협박을 받습니다……. 그는 그 둘을 저세상으로 보내 버립니다.

제2막: 여전히 알제. 그가 사형 선고를 받습니다. 그리고 아들의 충고에 따라 뇌막염에 걸린 척하죠. 아들이 그를 구합니다.

그의 이름으로 땅에 묻히게 될 환자가 그때 이미 죽어 있었을까요? 우린 그걸 결코 알지 못할 겁니다!

리보라는 성을 취한 아들 마이어는 섣불리 심정을 토로하는 그런 자가 아닙니다. 차돌처럼 단단해 남의 도움이 필요치 않은 그런 인물이죠…….

그는 야심가입니다! 자신의 가치를 잘 알고, 그것을 십분 활용하길 원하는 아주 총명한 인재죠.

유일한 약점, 그는 어린 여자 환자를 막연히 사랑하게 됩니다. 그녀와 결혼을 하고, 얼마 지나지 않아 그녀가 그리 흥미롭지 않다는 것을 깨닫게 되죠…….」

검사장은 미동도 하지 않았다. 그에게도 이야기의 이 부분은 그리 흥미롭지 않았다. 그는 불안한 심정으로 이어질 이야기를 기다리고 있었다.

「새로운 리보는 아버지를 미국으로 보냅니다. 그러고는 아내와 처제를 데리고 이곳에 정착하죠. 장모는 보르도에 둥지를 틀게 하고요. 물론, 닥치게 되어 있었던 일이 닥칩니다. 같은 지붕 아래에서 지내는 젊은 아가씨가 그를 난처하고 성가시게 하다가 결국에는 유혹하죠.

그게 제3막입니다. 왜냐하면 그즈음에 공화국 검사장이 제가 아직 모르는 방법을 통해 베르주라크의 외과의에 관한 진실을 발견하게 되거든요. 정확합니까?」

조금도 망설이지 않고, 간명하게 뒤우르소 씨가 대꾸했다.

「정확하오.」

「따라서 그의 입을 막아야만 합니다……. 리보는 그 검사장에게 비교적 덜 위험한 괴벽이 있다는 것을 알고 있습니다. 사람들이 에둘러 〈애서가를 위한 한정판〉이라 부르는 선정적인 책들 말입니다…….

그건 쓸 돈은 남아도는데 우표 수집은 너무 싱겁다고 생각하는 늙은 독신자들의 괴벽이죠.

리보는 그것을 이용합니다. 그는 당신에게 자신의 처제를 모범적인 비서로 소개하죠……. 그녀는 서류 정리를 돕는답시고 이곳을 드나들게 됩니다. 그러고는 서서히 자신에게 구애를 하도록 당신을 유혹하죠……. 용서하십시오, 검사장님……. 사실 그건 그리 어려운 게 아닙니다. 가장 어려운 건 바로 이거죠. 프랑수아즈의 임신 말입니다……. 당신을 좌지우지하기 위해서는 그 아이가 당신의 아이라는 확신을 당신에게 심어 줘야만 합니다.

리보는 또다시 달아나고, 성을 바꾸고, 다른 일자리를 찾는 걸 원치 않죠. 기껏 터를 닦아 사람들의 입에 오르기 시작하고…… 멋진 미래가 펼쳐지는데…….

프랑수아즈는 계획에 성공합니다.

물론, 그녀가 당신에게 머잖아 엄마가 될 거라고 알리자 당신은 감쪽같이 속고 말죠. 이제 당신은 리보의 정체에 대해서는 입도 뻥긋하지 않을 겁니다! 그들이 당신을 꽉 쥐고 있으니까요! 프랑수아즈는 보르도에 있는 조제핀 보솔레유의 집에서 은밀하게 출산을 하고, 당신은 당신의 씨라고 여긴 아이를 보러 계속 그곳을 찾습니다.

보솔레유 부인의 입을 통해 직접 들었습니다…….」

매그레는 검사장이 창피해할까 봐 애써 그와 눈길이 마주치는 것을 피했다.

「이해하시겠습니까? 리보는 야심가예요! 뛰어난 인물이죠! 그는 과거의 속박에서 벗어나고 싶어 합니다! 그리고 처제를 진심으로 사랑해요! 그럼에도 미래에 대한 걱정이 더 크죠. 그래서 적어도 한 번은 그녀가 당신 품에 안기는 걸 용인합니다. 한 가지만 여쭤 보겠습니다. 단 한 번이었나요?」

「그렇소, 단 한 번!」

「그 후로는 피해 다녔죠, 아닙니까?」

「이런저런 핑계를 대고……. 그녀는 부끄러워했소…….」

「천만에요! 그녀는 리보를 사랑했어요! 오로지 그를 구하기 위해 당신 품에 안겼던 겁니다.」

매그레는 애써 상대방의 의자 쪽을 바라보지 않았다. 그는 멋진 장작 세 개가 활활 타고 있는 난로를 물끄러미 바라보았다.

「당신은 그 아이가 당신 자식이라고 확신했어요! 당신은 그 후로 입을 다물었고, 그들의 집에 초대받아 갔어요! 딸을 보러 보르도에도 갔고요…….

그런데 비극이 닥쳤죠. 미국으로 건너간 사무엘이 — 폴란드와 알제의 그 사무엘 말입니다 — 완전히 미쳐 버린 겁니다. 그는 시카고 인근에서 여자 둘을 덮쳤어요. 그리고 심장에 침을 꽂아 살해했죠. 그 기사를 제가 고문서 보관소에서 찾아냈습니다.

미국 경찰에게 쫓기던 그는 프랑스로 건너옵니다. 그러다 돈이 떨어지자 베르주라크로 기어들게 됩니다……. 리보가 그에게 목돈을 집어 주고 다시 먼 곳으로 떠나라고 종용합니다. 그런데 또다시 발작을 일으킨 그가 떠나는 길에 범행을 저지르고 말죠. 똑같은 방식으로! 교살…… 침……. 박사의 집에서 역으로 나 있는 물랭뇌프 숲에서……. 그때 이미 진실을 짐작하고 계셨습니까?」

「아니요! 맹세코.」

「그가 돌아옵니다……. 다시 범행을 저지릅니다……. 그가 또다시 돌아옵니다. 그런데 이번에는 실패하죠. 리보는 매번 그에게 돈을 집어 주고 멀리 떠나라고 합니다.

그는 아버지를 병원에 가두지도, 체포당하게 내버려두지도 못해 진퇴양난에 빠지게 됩니다⋯⋯.」

「난 그에게 이렇게 계속되어서는 안 된다고 말했소.」

「그래요! 그래서 리보는 악순환을 끝낼 조치를 취했죠. 사무엘이 그에게 전화를 합니다. 아들은 그에게 역에 도착하기 직전에 기차에서 뛰어내리라고 말합니다⋯⋯.」

검사장의 얼굴이 백지장처럼 창백하게 질렸다. 그는 말을 하지도 움직이지도 못했다.

「그게 끝입니다! 리보는 그를 살해했어요! 그는 손에 잡힐 듯한 미래를 위해 감당하지 못할 게 없었어요⋯⋯. 아내조차도 아마 언젠가 더 나은 세상으로 보내 버렸을 겁니다! 왜냐하면 그는 자신의 딸을 낳아 준 프랑수아즈를 사랑했으니까요⋯⋯. 당신이 당신 딸이라고 믿은 그⋯⋯.」

「그만!」

그러자 매그레는 마치 지나가다 잠시 들른 사람처럼 무심히 일어섰다.

「다 끝났습니다, 검사장님.」

「하지만⋯⋯.」

「그 두 사람, 정말 뜨거운 커플이었어요, 아시겠습니까? 장애를 용납하지 않았던 커플! 리보는 자신에게 필요한 여자, 자신을 위해서라면 당신 품에 안기는 것도 마다하지 않았던 프랑수아즈를 가졌습니다⋯⋯.」

이제 매그레 앞에 있는 사람은 어떠한 반응도 하지 못하는 불쌍한 노인네에 불과했다.

「그 커플이 죽었습니다……. 똑똑해 본 적도 위험해 본 적도 없는 여자만 하나 남았죠. 리보 부인은 연금을 받게 될 겁니다. 보르도나 다른 곳으로 가서 모친과 함께 지내게 될 거예요……. 그리고 그 두 사람은 입을 굳게 다물 겁니다…….」

그가 의자 위에 놓아둔 모자를 집어 들었다.

「전 이만 파리로 돌아갈까 합니다. 작별 인사는 끝냈으니까요…….」

그가 검사장이 앉아 있는 책상으로 다가가 손을 내밀었다.

「그럼 안녕히 계십시오, 검사장님…….」

황급히 그의 손을 잡은 검사장이 감사의 말을 마구 토해 낼 위험을 감지하자, 그가 잘라 말했다.

「다 잊고 없었던 일로 하깁니다!」

그는 줄무늬 조끼를 입은 시중꾼 등 뒤로 슬그머니 집을 나서, 햇빛에 익어 가는 광장으로 나갔다. 끙끙대며 호텔 당글르테르에 도착한 그가 호텔 사장에게 말했다.

「오늘 점심은 이 지방 특산품인 송로와 거위 간으로 합시다. ……드디어! ……계산서도 함께! ……식사하고 바로 떠날 거니까!」

『베르주라크의 광인』 연보

제목

Le Fou de Bergerac

집필일

1932년 3월

집필 장소

라로셸(샤랑트마리팀)의 호텔 드 프랑스와 호텔 당글르테르

초판 인쇄일

1932년 4월

초판 발행 출판사

Arthème Fayard & Cie

초판 서지 정보

판형 12 × 19cm, 분량 249면

초판 표지 사진

Studio Piaz

작품 배경

베르주라크, 그리고 그곳으로 달려가는 기차 안

참조 사항

옛 동료의 초대로 도르도뉴로 향하던 매그레는 같은 칸에 타고 있던 수상한 남자를 쫓아 기차에서 뛰어내렸다가 총상을 입고 의식을 잃는다. 깨어난 그는 베르주라크가 살인 후 심장에 침을 박아 넣는 기괴한 연쇄 살인범 때문에 공포에 떨고 있음을 알게 된다. 〈베르주라크의 광인〉이 평소에는 정상적으로 생활하는 인물일 거라는 심증을 굳힌 매그레의 눈에는 검사장에서 의사, 현지 반장, 옛 동료 르뒤크에 이르기까지 모두가 의심스럽다……. 침대에만 누워 지내며 사건을 해결하는 매그레의 추리력과 상상력, 그리고 좀처럼 모습을 드러내지 않던 매그레 부인의 활약이 돋보이는 작품.

세계 주요 출간 현황

- 미국 초판: *The Madman of Bergerac*(Harcourt, Brace & Co., 1940)
- 영국 초판: *The Madman of Bergerac*(George Routledge & Sons, 1940)
- 이탈리아 초판: *Il pazzo di Bergerac*(A. Mondadori, 1933)
- 독일 전집: *Maigret und der Verrückte von Bergerac*(Diogenes, 2008)

영화 및 TV 드라마 각색

- 「The Madman of Bergerac」(1962), 영국, BBC, TV 드라마, Rupert Davies 주연
- 「Il pazzo di Bergerac」(1972), 이탈리아, RAI, TV 드라마, Mario Landi 감독, Gino Cervi 주연
- 「Maigret et le fou de Bergerac」(1979), 프랑스, Antenne 2, TV 드라마, Yves Allégret 감독, Jean Richard 주연
- 「Maigret et le fou de Sainte-Clothilde」(2002), 프랑스/벨기에 등, TV 드라마, Claude Tonetti 감독, Bruno Crémer 주연

조르주 심농 연보

1903년 출생 2월 13일 조르주 조제프 크리스티앙 심농Georges Joseph Christian Simenon이 벨기에 리에주 레오폴드 가 26번지에서 보험 회사 직원인 데지레 심농과 앙리에트 브륄 사이의 첫째로 태어남.

1906년 3세 9월 21일, 조르주의 동생 크리스티앙 출생.

1908년 5세 기독교 학교인 앵스티튀 생앙드레 데 프레르에 입학.

1914년 11세 예수회 교도들이 운영하는 생루이 중학교에 입학.

1915년 12세 생세르베 중학교로 전학해, 별 두각을 드러내지 못한 채 3년 동안 다님.

1918년 15세 아버지가 중병으로 쓰러지자 학업을 그만두고, 서점 등에서 이런저런 잡일을 하며 생계를 꾸림.

1919년 16세 벨기에 일간지 「가제트 드 리에주Gazette de Liége」에 입사. 1922년 12월까지 그곳에서 여러 가명으로 약 1천 편의 기사를 씀. 첫 콩트 중 하나인 『미지근한 과일 졸임 그릇Le Compotier tiède』을 씀.

1920년 17세 〈라 카크〉라는 술집을 드나드는 무명 예술가 및 작가

들과 교제하기 시작.

1921년 18세 화가 레진 랑숑을 만남. 심농은 그녀에게 티지Tigy라는 별명을 붙여 주고, 단 12부만 인쇄한 소책자 『우스꽝스러운 사람들Les Ridicules』을 바침. 첫 소설 『아르슈 다리에서Au Pont des Arches』가 조르주 심이라는 이름으로 출간. 11월 28일 아버지 데지레 심농이 44세의 나이로 사망. 심농은 즉시 자원 입대해 군 복무를 하기로 결심함.

1922년 19세 12월 파리 북역에 도착.

1923년 20세 레진 랑숑과 결혼하고 트라시 후작의 비서로 일하기 시작함.

1924년 21세 다소 가벼운 잡지들에 콩트를 쓰기 시작. 이 소설들은 장 뒤 페리, 조르주마르탱 조르주, 곰 귀, 크리스티앙 브륄, 조르주 심 같은 20여 개의 가명으로 출간됨.

1925년 22세 가을이 끝날 무렵 조제핀 바케르를 만남. 그들의 열정적인 관계는 1927년 6월까지 지속됨.

1928년 25세 선박 유람에 관심을 가지기 시작해 〈지네트〉호를 타고 프랑스의 운하와 강들을 유람함. 물길 안내인, 선원, 수문지기, 마부들의 세계에서 많은 영감을 받게 됨.

1929년 26세 주간지 『데텍티브Détective』에 조르주 심이라는 가명으로 퀴즈 식의 짧은 이야기들을 실음. 〈오스트로고트〉호를 타고 유럽 북부 운하들을 둘러봄. 9월 네덜란드의 델프제일 항에서 배를 수리하는 동안 처음으로 〈매그레 반장〉이라는 인물을 구상.

1930년 27세 조르주 심이라는 가명으로 낸 『작품집L'Œuvre』에 매그레 반장을 주인공으로 내세운 이른바 대중적인 소설 「불안의 집 La Maison de l'inquiétude」을 실음. 여세를 몰아 쓴 『수상한 라트비아인Pietr-le-Letton』을 출판인 아르템 파야르에게 보내나 아르템은 시큰둥한 반응을 보임.

1931년 28세 성공을 확신한 심농은 다른 두 편의 매그레, 『갈레 씨, 홀로 죽다*Monsieur Gallet, décédé*』와 『생폴리앵에 지다』를 쓰고, 결국 아르템 파야르에서 출간됨. 2월 20일 이 두 편의 소설이 〈인체 측정 무도회〉란 이름의 출간 기념회에서 소개되어 예상과 달리 큰 성공을 거둠. 그리하여 이해에만 무려 열한 편의 매그레가 출간됨.

1932년 29세 새 매그레 여섯 편이 출간됨. 4월 심농의 소설을 원작으로 한 첫 장편 영화, 장 르누아르의 「교차로의 밤*La Nuit du carrefour*」 개봉. 몇 주 후에는 장 타리드의 「누런 개*Le Chien jaune*」가, 그리고 1933년에는 아리 보르가 매그레 반장 역을 맡은 쥘리앵 뒤비비에의 「타인의 목*La Tête d'un homme*」이 개봉.

1933년 30세 추리 소설 컬렉션에 넣지 않을 첫 번째 작품 『운하의 집*La Maison du canal*』을 본명으로 출간. 그리고 「파리수아르*Paris-Soir*」 주관으로 트로츠키와 대담을 나누는 등 여러 편의 르포를 주요 잡지에 게재. 10월 가스통 갈리마르와 출판 계약을 체결.

1934년 31세 소설과 르포를 번갈아 냄. 갈리마르는 『세입자*Le Locataire*』를, 파야르는 수사 시리즈를 마친다는 의미로 간단하게 『매그레*Maigret*』라는 제목을 붙인 열아홉 번째 매그레를 출간.

1935년 32세 세계 일주를 하며 『흑인 구역*Quartier nègre*』과 『일주*Long cours*』(1936년 출간) 같은, 〈이국적〉 소설들을 씀.

1938년 35세 『지나가는 기차를 바라본 남자*L'Homme qui regardait passer les trains*』, 『라 수리 씨*Monsieur La Souris*』, 『항구의 마리*La Marie du port*』 등 주요 작품 여러 편이 갈리마르에서 출간.

1939년 36세 4월 19일 브뤼셀에서 티지가 첫 아들 마르크를 출산.

1940년 37세 샤랑트앵페리외르 지역 벨기에 피난민 고등 판무관으로 임명됨. 그를 진찰한 한 의사가 앞으로 2~3년밖에 살지 못할 거라는 진단을 내려, 겁을 집어먹은 그는 곧바로 첫 자전적 작품 『나는 기억한다*Je me souviens……*』를 유언 삼아 쓰기 시작함.

1942년 <u>39세</u> 생메스맹르비외에 정착. 『쿠데르 씨의 미망인*La Veuve Couderc*』과, 제목 그대로 매그레 반장이 돌아왔음을 알리는 단편집 『매그레 반장, 돌아오다*Maigret revient*』를 갈리마르에서 출간.

1945년 <u>42세</u> 나치에 부역했다는 혐의로 〈거주지 지정〉을 강요당해 사블돌롱에서 지내다가 파리에 몇 달 머문 다음, 염두에 뒀던 미국행을 준비. 10월 티지, 마르크와 함께 뉴욕에 도착. 11월 캐나다 여성 드니즈 위메를 만나 첫눈에 반함. 이 첫 만남은 이듬해 초에 출간된 『맨해튼의 방 세 개*Trois chambres à Manhattan*』에 생생하게 묘사됨. 이 책을 시작으로 이후 그의 모든 작품들은 프레스 드 라 시테 출판사에서 출간됨.

1946년 <u>43세</u> 아내 티지, 정부 드니즈와 함께 자동차로 미국 횡단 시도. 11월 플로리다에 정착. 쥘리앵 뒤비비에가 『이르 씨의 약혼*Les Fiançailles de Monsieur Hire*』을 원작으로 영화 「패닉*Panique*」을 제작함.

1947년 <u>44세</u> 애리조나의 투손으로 이사. 그곳에서 『잃어버린 암말*La Jument perdue*』과 『눈은 더러웠다*La Neige était sale*』를 씀. 투마카코리에 잠시 머문 다음, 1949년 다시 투손으로 돌아감.

1948년 <u>45세</u> 앙드레 지드의 권고에 따라 『나는 기억한다……』의 분량을 늘려 소설화한 『혈통*Pedigree*』을 출간.

1949년 <u>46세</u> 제2차 세계 대전 동안 나치에 부역했다는 혐의를 벗음. 9월 29일 드니즈가 투손에서 둘째 아들 장, 일명 존을 출산.

1950년 <u>47세</u> 티지와 이혼하고 드니즈와 결혼. 코네티컷의 레이크빌에 5년간 정착. 이 시절 심농은 『에버턴의 시계 수리공*L'Horloger d'Everton*』, 『매그레 반장의 권총*Le Revolver de Maigret*』을 비롯한 스물여섯 편의 소설을 써낼 정도로 왕성한 창조력을 발휘함. 토마 나르세자크가 『괴짜 심농*Le Cas Simenon*』을 출간.

1951년 <u>48세</u> 앙리 드쿠앵이 연출하고 장 가뱅과 다니엘 다리외가 출연한 영화 「베베 동주에 관한 진실La Vérité sur Bébé Donge」 개봉.

1952년 <u>49세</u> 로얄 아카데미 회원으로 임명됨으로써 프랑스와 벨기에로 금의환향.

1953년 <u>50세</u> 레이크빌 인근에서 드니즈가 딸 마리조르주 심농, 일명 마리조를 출산.

1955년 <u>52세</u> 유럽으로 완전히 돌아와 가족과 함께 처음에는 무쟁, 나중에는 칸에 거주함.

1957년 <u>54세</u> 가족과 함께 스위스의 보 주(州)에 있는 에샹당 성에서 살기로 결정. 장 들라누아가 장 가뱅 주연의 「매그레 반장, 덫을 놓다Maigret tend un piège」를 제작. 그는 1959년, 역시 장 가뱅이 주연을 맡은 「매그레 반장과 생피아크르 사건Maigret et l'affaire Saint-Fiacre」도 제작함.

1959년 <u>56세</u> 로잔에서 드니즈가 막내 피에르를 출산. 프레스 드라 시테가 심농이 쓴 몇 안 되는 에세이 중 하나인 『프랑스 여성La Femme en France』을 출간함.

1960년 <u>57세</u> 제13회 칸 영화제 심사 위원장을 맡음. 의학 소설 『곰 인형L'Ours en peluche』 출간.

1962년 <u>59세</u> 드니즈의 하녀 테레자 스뷔를랭과 연인 관계를 맺기 시작. 그녀는 서서히 그의 동반자 자리를 차지하게 됨. 장 피에르 멜빌이 심농의 동명 작품을 영화화한 「페르쇼 가의 장남L'Aîné des Ferchaux」을 제작. 장 폴 벨몽도와 샤를 바넬이 주연을 맡음.

1963년 <u>60세</u> 에샹당을 떠나 로잔 근처의 에팔랭주에 정착. 『비세트르의 고리Les Anneaux de Bicêtre』를 출간.

1966년 <u>63세</u> 9월 3일, 네덜란드 델프제일 항에 매그레 반장 동상이 세워짐.

1967년 <u>64세</u> 심농 전집(72권)이 랑콩트르 출판사에서 출간되기 시작. 1971년 영화화되기도 한 작품 『고양이*Le Chat*』 출간.

1970년 67세 1929년에 재혼해 조제프 앙드레 부인이 된 어머니 앙리에트 심농이 90세의 나이로 리에주에서 사망. 두 번째 자전적 작품 『내가 늙었을 때*Quand j'étais vieux*』 출간.

1972년 69세 마지막 본격 소설 『결백한 자들*Les Innocents*』과 마지막 매그레 『매그레와 샤를 씨*Maigret et Monsieur Charles*』를 출간. 9월 18일 평소처럼 서류 봉투에 책 제목을 쓴 후 갑자기 이 책을 쓸 수 없다는 것을 깨닫고, 즉시 소설 창작에 마침표를 찍기로 결심.

1973년 70세 더 이상 다른 사람 아닌 자기 자신의 입장에 서기로 결심하고, 녹음기를 장만해 자신에 대해 말하기 시작.

1974년 71세 에팔랭주를 떠나 로잔의 〈라 메종 로즈(장밋빛 집)〉로 이사. 『어머니께 보내는 편지*Lettre à ma mère*』 출간.

1975년 72세 스물한 편의 〈구술*Dictées*〉 가운데 첫 두 편, 『남다르지 않은 사내*Un homme comme un autre*』와 『발자국*Des traces de pas*』 출간.

1976년 73세 심농 재단을 설립한다는 조건으로 리에주 대학교에 자신이 소장한 문학 자료들을 기증.

1978년 75세 5월 19일 마리조가 권총으로 자살함.

1981년 78세 마지막 〈구술〉 네 편(『우리에게 남은 자유*Les Libertés qu'il nous reste*』, 『잠든 여인*La Femme endormie*』, 『낮과 밤*Jour et nuit*』, 『운명*Destinées*』), 그리고 그의 작품 중 가장 분량이 많은 『내밀한 회고록*Mémoires intimes*』을 출간.

1985년 82세 6월 24일 첫 아내 레진 랑숑 사망.

1989년 86세 9월 4일 월요일, 스위스 레만 호숫가, 로잔의 보 리바주 호텔에서 사망.

매그레 시리즈 15 베르주라크의 광인

옮긴이 이상해는 한국외국어대학교와 동 대학원 불어과를 졸업하고 프랑스 스트라스부르 대학, 릴 대학에서 박사 과정을 수료했으며 현재 한국외국어대학교에 출강하고 있다. 옮긴 책으로 베르코르의 『바다의 침묵』, 에드몽 로스탕의 『시라노』, 미셸 우엘벡의 『어느 섬의 가능성』, 샨 사의 『바둑 두는 여자』, 『여황 측천무후』, 파울로 코엘료의 『11분』, 『베로니카, 죽기로 결심하다』, 크리스토프 바타유의 『지옥 만세』, 조르주 심농의 『라 프로비당스호의 마부』, 『교차로의 밤』, 『선원의 약속』, 『창가의 그림자』, 『제1호 수문』, 아멜리 노통브의 『푸른 수염』, 『머큐리』, 『황산』, 『아담도 이브도 없는』, 델핀 쿨랭의 『웰컴, 삼바』 등이 있다. 『여황 측천무후』로 제2회 한국 출판 문화 대상 번역상을, 『베스트셀러의 역사』로 한국 출판 학술상을 수상했다.

지은이 조르주 심농 옮긴이 이상해 발행인 홍지웅
발행처 주식회사 열린책들 주소 경기도 파주시 문발로 253 파주출판도시
대표전화 031-955-4000 팩스 031-955-4004 홈페이지 www.openbooks.co.kr
Copyright (C) 주식회사 열린책들, 2011, Printed in Korea.
ISBN 978-89-329-1515-9 03860 발행일 2011년 11월 20일 초판 1쇄
2015년 3월 20일 초판 2쇄

이 도서의 국립중앙도서관 출판시도서목록(CIP)은 e-CIP 홈페이지(http://www.nl.go.kr/ecip)와 국가자료 공동목록시스템 (http://www.nl.go.kr/kolisnet)에서 이용하실 수 있습니다.(CIP제어번호: CIP2011004743)

MANCHE

Caen

Haute-
Normandie

Basse-Normandie

Bretagne

Rennes

Pays de la Loire

Nantes

OCÉAN

Poitiers

Poitou-
Charentes

ATLANTIQUE

Li

사건 발생 장소:
베르주라크의 물랭뇌프 숲

Bordeaux ■ Bergerac

Aquitaine

Mi

ESPAGNE